파디샤의 여섯 번째
선물

지혜와 용기를 키워주는 터키 환상 동화

파디샤의
여섯 번째
선물

마음이 자라는 나무 007

아흐멧 위밋 지음 | 이난아 옮김

푸른숲주니어

이야기가 있는 세상

'이야기'라는 단어가 사람들에게 왜 아름답고 순수한 감정을 불러일으키는지 생각해 본 적 있나요? 오래 전에 잊어버렸던 어린 시절과 다시 소통할 수 있게 해 주기 때문이 아닐까 싶어요. 어쩌면 우리가 살고 있는 세상의 경계에서 벗어나 꿈과 환상의 세계로 데려다 주기 때문인지도 모르고요.

여러분들은 어떨지 모르겠습니다만, 나는 지금도 몹시 지루하거나 가슴 답답한 일이 있을 땐 《어린 왕자》나 《아라비안 나이트》와 같은 책을 읽곤 한답니다. 이러한 이야기들은 마음을 아주 맑게 해 주거든요. 지긋지긋한 일상에서 벗어나도록 도와 주기도 하고요.

그래서 그런지 이런 책들은 어린이들뿐만 아니라 어른들까지도 사랑과 관심을 가지고 즐겨 읽는 것 같습니다. 이 책도 여러분들에게 그러한 편안함과 휴식을 줄 수 있었으면 좋겠습니다. 많은 이들에게 신비롭고 환상적인 세계를 선사하게 되길 바랍니다.

다만 이 여행에서만큼은 '어디서 어디까지'라고 미리 규정 짓고 싶지 않습니다. 해외 여행을 떠날 때처럼 지금 있는 곳에서 얼마쯤 떨어져 있는 도시 혹은 나라로 여행을 떠난다는 식의 틀을 만들고 싶지 않다는 뜻입니다.

이 소설을 쓰면서, 아무것도 제한하고 싶지 않았어요. 어쩌면 진정한 여행은 우리의 영혼 속으로 떠나는 것일 수도 있으니까요.

나의 이러한 생각은 파디샤가 만나는 사람들 속에 고스란히 투영되어 있습니다. 장님과 대장장이, 보석 상인, 뮤에진, 모자 장수…… 바로 그들에게 말이지요.

그들은 서로 다른 흥미로운 세계를 창조해 나갑니다. 그들이 엮어 내는 다섯 편의 이야기는 서로서로 독립돼 있는 듯하면서도 기다란 고리처럼 연결돼 있습니다. 사람이 사는 세상이라면 언제 어디서든 일어날 수 있는 일이고요.

다섯 편 모두에 색깔 짙은 교훈이 깔려 있긴 하지만, 제각기 또 다른 맛을 풍겨 내고 있으니까 찬찬히 읽어 보면 색다른 재미를 만끽할 수 있으리라 믿습니다.

아, 너무 옛날 이야기 같다고요? 시대적 배경이 지금으로부터 대략 수백 년 전이긴 하지만 현재를 살아가는 우리와 결코 동떨어진 이야기가 아닙니다.

파디샤부터 그렇잖아요. 우리 자신들과 얼마나 똑같은지……. 무엇이든 좋은 일을 하고 나면 꼭 칭찬받고 싶어하는 모습…… 여러분의 모습과 똑같지 않나요? 엄청난 재산을 손에 넣고도 끝없이 욕심을 부리는 대상의 행수는 또 어떤가요? 우리 현대인들의 모습 그대로지요.

사랑을 믿고 따르기보다는 자신의 감정만을 앞세우는 뮤에진의 모습은 현대인들의 인스턴트식 사랑과 아주 닮았고요. 음식을 나눠 먹기 싫어서 다른 생명체를 아무런 거리낌없이 죽여 버리는 대장장이의 모습은 우리 안의 이기심을 그대로 드러내 보이고 있지요.

땀 흘려 일해 본 적이 없어서 돈을 가치를 전혀 모르는 보석 상인의 모습은요? 황금 만능주의에 빠져서 돈이면 뭐든 다 된다고 생각하는 사람들과 크게 다르지 않잖아요.

이 모든 것이 현대를 살아가고 있는 '우리'의 이야기입니다. 아무리 기술이 발전하고 우리의 삶이 편리해지더라도

잃어버리면 안 되는 가치가 있잖아요. 사랑이나 믿음 같은 것 말입니다. 이러한 가치들이 바로 우리 인간을 인간이게 하는 힘이라 생각합니다.

만약 인류가 이 가치들을 잊거나 포기한다면, 하루가 다르게 발달해 가고 있는 기술이 순식간에 우리의 영혼과 감정을 지배하고 말 것입니다.

그 뒤에는 아무런 희망을 가질 수 없게 되지요. 이 세상은 색채감과 아름다움이 결여된 기계적인 장소가 되어 버리고 말 테니까요.

마지막으로 한마디만 더 덧붙이고 싶습니다. 우리가 어렸을 때는 할머니나 할아버지로부터 옛날 이야기를 자주 들었습니다. 하지만 언젠가부터 그럴 기회가 완전히 사라져 버리고 말았습니다.

그 빈 자리를 텔레비전과 컴퓨터, 휴대폰이 모두 차지하고 말았지요. 그만큼 사람과 사람 사이의 교감이 줄어들었다는 이야깁니다. 여럿이서 나누기보다는 혼자서 무엇을 하기를 좋아하게 된 것이지요.

이럴 때 그나마 감성을 잃지 않을 수 있는 길은 책을 읽는 것뿐입니다. 할머니나 할아버지, 또는 부모님한테서 이야기

를 직접 전해 듣는 것이 더 좋겠지만, 지금은 그럴 여건이 되지 않으니까요. 그 일을 책이 너끈히 대신해 줄 것입니다.

아무 책이나 좋아요. 자신이 좋아하는 책을 찾아서 읽으십시오. 그래야 우리의 삶이 좀더 색채감 있어질 듯합니다. 마음도 풍성해지고요.

그러면 즐거운 여행이 되기를 바랍니다.

2005년 8월, 이스탄불에서

아흐멧 위밋

차례

꼬리에 꼬리를 무는 여행

이야기 속 이야기

옛날에 청명한 하늘과 반짝이는 바다, 그리고 비옥한 땅을 가진 나라가 있었다. 이 나라는 젊은 파디샤(이슬람 교를 믿는 나라의 군주―옮긴이)가 통치를 하고 있었는데, 다른 나라의 파디샤들과 여러 가지 면에서 확연히 달랐다.

그는 근엄하지도 않았고 전쟁을 좋아하지도 않았다. 오로지 국민들만을 사랑했으며, 국민들의 행복을 위해 나랏돈을 아낌없이 내놓았다. 그리고 가난한 이들과 부모 없는 아이들을 돌보는 데 각별히 정성을 기울였다.

그의 그런 정성을 헤아려서인지 국민들도 파디샤를 아주 좋아했다. 그래서 그가 오랫동안 자신들을 다스려 주기를 바랐다.

그런데 이 파디샤에게는 한 가지 결점이 있었다. 무슨 일에

건 지나치게 칭찬받고 싶어한다는 것이었다. 아무리 사소한 일이라도 끝을 내고 나면 왕좌에 앉아서 신하들에게 너스레를 떨어 대곤 했다.

"오늘은 가난한 사람들에게 금화를 넉넉히 나누어 주었다오. 끼니를 걱정하는 자들을 불러서 음식을 배불리 먹이기도 했지. 또 부모 없는 아이들에겐 오늘 하루 마음껏 즐기도록 해 주었고……."

파디샤가 이렇게 자화자찬을 늘어놓기 시작하면, 궁전 안에 있던 아첨꾼들이 앞 다투어 그의 주위로 모여들었다. 그리고는 파디샤가 하는 말마다 맞장구를 치면서 아주 훌륭한 일이라고 입에 침이 마르게 칭찬을 해댔다.

그런데 단 한 사람, 예외의 인물이 있었다. 그는 파디샤가 신하들 앞에서 자신이 한 일들을 자랑스럽게 떠벌릴 때마다 마음이 아파서 어쩔 줄 몰라 했다.

그는 어렸을 때부터 파디샤와 친구 사이로 지내 온 총리 대신이었다. 총리 대신은 파디샤의 행동이 바보처럼 여겨져서 견딜 수가 없었다. 그가 올바른 군주로 자리매김하기 위해서는 칭찬받기 좋아하는 성격부터 고쳐야 한다고 생각했다.

하지만 그로서도 당장은 어떻게 해야 좋을지 알 수가 없었다. 신하들에게 아첨만 듣고 살아서 공중에 몸이 붕 떠 있는 듯한 기분으로 살아가고 있는 파디샤의 나쁜 버릇을 어떻게 해야 고칠 수 있을지…….

그러던 어느 날이었다. 그날도 파디샤는 선행을 하고 온 터라 신하들에게 들려주고 싶은 얘기가 아주 많았다. 총리 대신은 짐짓 왕좌 옆에 바싹 붙어 서 있었다. 그리고는 파디샤가 자기 자랑을 늘어놓을 때까지 꾹 참고 기다렸다.

이윽고 나른한 피로감에 감싸인 채 왕좌에 앉아 있던 파디샤의 입가에 만족스런 미소가 스쳐 지나갔다. 그가 미소짓는 것을 본 아첨꾼들은 꿀항아리로 날아드는 파리 떼처럼 곧바로 파디샤의 주위를 빙 둘러쌌다. 파디샤는 늘 그래 왔듯, 그날 자신이 얼마나 많은 선행을 했는지를 신하들 앞에서 낱낱이 열거하기 시작했다.

파디샤의 말이 끝나기가 무섭게 아첨꾼들 중 한 명이 말했다.

"폐하, 이 세상에서 폐하만큼 마음씨가 좋으신 분은 없습니다. 그리고 폐하만큼 너그러우신 분도 존재하지 않지요. 국민들은 폐하의 선행을 절대로 잊을 수 없을 것입니다."

이 달콤한 아첨의 말에 기분이 극도로 좋아진 파디샤는 흡족한 마음을 감추지 못한 채 자랑스런 눈빛으로 주위를 휘둘

러보았다.

"오, 정녕 그렇게 생각한단 말인가? 정말로 이 세상에 나보다 마음이 더 너그러운 사람이 없단 말이지?"

총리 대신은 마치 이 질문을 기다리기라도 했던 것처럼, 다른 아첨꾼들에게 말할 틈을 주지 않고 재빨리 말문을 열었다.

"폐하, 외람된 말씀입니다만 이 세상에는 폐하보다 마음이 너그러운 사람들이 아주 많습니다."

파디샤는 기대하지 않았던 답변에 당황해서 얼굴이 순식간에 굳어져 버렸다. 짙은 눈썹이 일그러지더니 담갈색 눈동자에서 불꽃이 일었다. 주위에 있던 신하들은 두려움에 몸을 떨며 머리를 조아렸다.

하지만 총리 대신은 파디샤의 얼굴을 똑바로 쳐다보았다. 파디샤는 분노를 감추지 못하고 그를 향해 버럭 소리를 질렀다.

"총리 대신, 총리 대신, 지금 자네가 내게 무슨 말을 했는지 알고나 있는 겐가?"

총리 대신은 머리를 조아리며 다시금 말했다.

"폐하, 저는 폐하의 질문에 솔직하게 답했을 뿐입니다."

"다른 사람이 그 따위 말을 했다면 당장 목을 쳐 버렸을 것이네. 총리 대신, 내가 자네를 진심으로 좋아한다는 걸 알고 있을 테지? 왜 그런 대답을 했는지 이유를 말해 보게."

"폐하, 이 곳에 있는 폐하의 종들처럼 저도 폐하의 심기가 편안하기를 바랍니다. 그렇지만 폐하께 거짓말을 해 가면서까지 그것을 기대할 수는 없습니다. 실제로 이웃 나라에 장님한 사람이 살고 있는데, 그는 폐하보다 마음이 훨씬 더 너그럽습니다. 자신의 목덜미를 내려치는 사람에게 금화 주머니를 하나씩 주고 있으니까요."

"목덜미를 내려치는 사람에게 금화 주머니를 준다고?"

"네, 그렇습니다. 그 사람은 매일 아침 일찍 일어난 뒤 광장으로 나가서 자리를 잡고 앉습니다. 그리고는 사람들이 자신의 목덜미를 내려칠 때마다 금화 주머니를 하나씩 건넵니다."

파디샤는 믿기지 않는다는 듯한 눈초리로 총리 대신을 바라보았다.

"도무지 믿을 수가 없는 말이군. 만의 하나, 자네가 말한 것이 사실이 아니라면 목숨이 온전치 못할 줄 알게."

총리 대신은 자신감 있는 태도로 말했다.

"그것이 사실인지 아닌지 알아보는 방법은 아주 간단합니다. 그 장님이 살고 있는 나라는 걸어서 하루 정도밖에 걸리지 않으니까요. 궁금하시면 변장을 하시고 저와 함께 직접 그 곳으로 가 보시지요."

파디샤는 잠시 망설이는 눈치였다.

"말도 안 돼. 폐하께 감히 어딜 가 보시라고 하는 겐가?"

아첨꾼들이 이구동성으로 반대를 했지만, 총리 대신은 흔들림 없이 꿋꿋하게 말했다.

"왜 말이 되지 않습니까? 이참에 다른 나라도 한번 살펴보시고, 또 새로운 사람들도 만나 보시는 게 좋을 듯합니다."

순간 파디샤의 얼굴에 어려 있던 먹구름이 사라지고 희미하게 미소가 번졌다.

"좋아, 하지만 자네 말이 사실이 아니라면 당장 총리 대신직에서 파면시켜 버리겠네. 명심하게나."

"좋습니다, 폐하의 뜻대로 하십시오."

총리 대신이 대답했다.

그들은 당장 떠날 채비를 하였다. 다음날 아침 일찍 파디샤와 총리 대신은 여행객으로 변장을 한 뒤, 필요한 만큼의 돈을 챙겨서 길을 떠났다.

그들은 하루 종일 걷고 또 걸어서 다음날 아침에야 장님이 사는 나라에 도착했다. 그리고 사람들에게 묻고 물어서 그 나라에서 가장 넓은 광장을 찾아갔다. 광장에 도착하자, 사람들이 기다랗게 줄지어 서 있는 것이 보였다.

그들은 그 대열의 맨 앞으로 가 보았다. 그러자 총리 대신의 말대로 장님 한 사람이 책상다리를 하고 앉아 있는 것이 보였다. 그 사람의 목덜미는 새빨갛게 부어올라 있었다. 그의 목덜미가 왜 그렇듯 빨갛게 부어올라 있는지를 아는 데는 그리 오랜 시간이 걸리지 않았다.

대열의 맨 앞에 서 있던 사람이 장님에게로 다가가 있는 힘껏 목덜미를 내려쳤다. 장님은 힘없이 앞으로 쓰러졌다. 그런데 그 순간 그 장님은 고통으로 몸을 비트는 것이 아니라 깊은 평안을 얻기라도 한 듯이 자애로운 미소를 지었다.

"아, 드디어 정의가 실현되는구나!"

장님은 이렇게 말하며 몸을 일으켰다. 그리고는 옆에 놓여 있던 자루에서 금화 주머니를 꺼내어, 방금 자신의 목덜미를 내려친 사람에게 건넸다.

파디샤는 놀라움으로 입을 다물지 못했다. 반면에 총리 대신은 입가에 살짝 미소를 떠올렸다. 자신의 말이 사실로 입증되었기 때문에 뿌듯함을 느꼈던 것이다. 그들은 한쪽 구석에 몇 시간 동안 쭈그리고 앉아서 장님의 행동을 면밀히 관찰했다.

해가 지고 사람들이 하나 둘 자리를 뜨기 시작하자, 장님도 집으로 돌아갈 채비를 하였다. 자루를 어깨에 짊어지고 지팡이로 길바닥을 더듬거리며 천천히 걷기 시작했다. 파디샤와 총리 대신은 장님의 곁으로 조심스럽게 다가갔다.

총리 대신이 말했다.

"당신과 잠시 이야기를 나눌 수 있겠습니까?"

장님은 뜻밖의 낯선 목소리를 듣고는 깜짝 놀라서 몸을 움찔했다.

"나와 무슨 얘기를 나누고 싶으신지요?"

장님은 소리가 나는 쪽으로 돌아서면서 말했다. 그러자 파디샤가 물었다.

"당신의 목덜미를 내려치는 사람들에게 금화 주머니를 나눠 주는 이유가 무엇입니까?"

또 다른 목소리가 들려오자, 장님은 다소 경계하는 듯한 목소리로 말했다.

"당신들은 누구시오?"

파디샤는 그를 안심시키기 위해 애써 부드러운 목소리로 말했다.

"우리는 여행객입니다. 둘이서 여러 나라를 돌아다니며 여행을 하고 있지요. 우연히 당신의 이야기를 듣게 되었습니다. 당신이 목덜미를 내려치는 사람들에게 금화 주머니를 나눠 주는 이유가 무엇인지 궁금해서, 먼 길을 마다하지 않고 이곳까지 찾아왔습니다. 부디 헛걸음이 되지 않았으면 합니다."

장님은 한동안 생각에 잠기는 듯하더니, 잠시 뒤에 입을 열었다.

"알겠습니다. 당신들에게 내 이야기를 들려 드리도록 하지요. 하시만 모든 일에는 대가가 있게 마련입니다. 당신들이 내 이야기에 합당한 대가를 주신다면 궁금증을 풀어 드리도록 하겠습니다."

파디샤가 말했다.

"돈은 얼마든지 드리겠소. 얼마를 원하는지 말만 하시오. 지금 당장이라도 줄 수 있소."

"이 세상의 모든 것을 돈으로 환산할 수는 없습니다. 그리고 나는 돈이 필요하지 않습니다."

이번에는 총리 대신이 머리를 갸우뚱거리며 질문을 던졌다.

"그렇다면 원하는 게 뭐요?"

"내가 원하는 것은 아주 간단합니다. 여기서 걸어서 꼬박 이틀 걸리는 곳에 작은 나라가 하나 있습니다. 그 나라에는 재주가 몹시 빼어난 보석 상인이 살고 있지요. 그 나라에 장이 열리는 날이면 상인들은 너나없이 저잣거리로 나와 그 사람을 기다립니다.

그 사람이 시장에 모습을 드러내면 모두들 그의 주위로 모여든답니다. 그러면 보석 상인은 커다란 자루에서 달걀 모양의 금덩이를 하나 꺼냅니다. 지금까지 본 적도 없고 들은 적도 없는 크기지요. 그 황금 달걀을 꺼내 드는 순간, 사람들은 하나같이 눈을 반짝거리며 숨을 죽입니다.

돈이 있는 사람들은 그 황금 달걀을 사기 위해 아우성을 치지요. 결국은 경매에 붙여지게 되는데, 어느 경매에서나 그렇듯이 구매를 원하는 사람이 많을수록 가격은 높아 갑니다. 그 바람에 경매는 몇 시간이고 계속되지요. 그러다 마침내 가장 많은 돈을 지불하겠다는 사람이 정해지게 되는데…….

그 결정적인 순간에 보석 상인은 황금 달걀을 팔지 않겠다고 선언해 버립니다. 그리고는 자루에서 커다란 쇠절구를 꺼내어, 그 황금 달걀을 가루가 될 때까지 빻습니다.

그 다음에는 잘게 부서져 가루가 돼 버린 금을 한 웅큼 집어서 경매에 참가한 사람들의 머리 위로 날리지요. 사람들은 그 금가루를 잡기 위해 서로 뒤엉킨 채 난리를 피웁니다. 그 와중에 황금 달걀을 사기 위해 가장 높은 가격을 불렀던 사람이 돌연 쓰러져 버리고요."

파디샤는 깜짝 놀라서 물었다.

"쓰러진다고요? 아니, 왜요?"

"그게 바로 내가 궁금해 하는 것입니다. 만약 내게 그 보석 상인의 비밀을 알려 준다면 나도 당신들에게 나의 이야기를 들려 드리도록 하겠습니다."

보석 상인의 이야기가 덩달아 궁금해진 파디샤와 총리 대신은 그의 제안을 쉽사리 받아들였다. 그날 밤 그들은 장님의 집에서 하룻밤을 묵은 뒤, 다음날 해가 뜨기도 전에 길을 나섰다.

정확히 이틀 밤낮을 걷고 나자, 보석 상인이 살고 있는 나라에 도착하였다. 그들은 곧장 시장으로 향했다. 시장은 수많은 사람들로 들끓고 있었다. 파디샤와 총리 대신은 사람들의 사이를 헤치며 시장통으로 접어들었다.

시장에는 없는 것이 없었다. 사과, 포도, 개암 등 다양한 과일들은 물론, 비단과 새틴으로 만든 옷가지에다 갖가지 빛깔의 양모로 만든 카펫, 그리고 멋진 문양을 새겨 넣은 러그(천 조각을 엮거나 짜서 만든 깔개) 들이 한량없이 넘쳐났다.

갖가지 품목을 늘어놓은 시장의 노점들을 둘러보던 파디샤와 총리 대신은 사람들이 잔뜩 모여 있는 곳을 발견하고 그쪽으로 발길을 옮겼다. 군중들 사이로 황금 달걀을 들고 서 있는 남자가 보였다.

"이 황금 달걀을 팝니다, 팝니다!"

그가 소리쳤다. 파디샤는 총리 대신의 귀에 대고 이렇게 속삭였다.

"우리가 찾고 있는 사람인 것 같구먼."

그들은 군중들을 헤치고 그 사람한테로 가까이 다가갔다. 사람들의 눈길은 하나같이 반짝반짝 빛을 내고 있는 황금 달걀로 향해 있었다.

"팝니다! 팝니다! 사실 분 없나요?"

보석 상인이 이렇게 소리를 지를 때마다 사람들은 황금 달걀을 사기 위해 앞 다투어 가격을 불러 대었다. 덕분에 가격은 갈수록 높아졌다. 얼마 뒤, 황금 달걀은 옷을 잘 차려입은 남자에게 낙찰되었다.

경매에서 승리한 남자는 미소를 함빡 지으며 보석 상인에게로 다가갔다. 그 남자의 얼굴에는 마치 그 보석 상인을 오래 전부터 알고 지내 왔던 듯한 표정이 어려 있었다. 하지만 보석 상인은 무관심한 표정으로 일관할 뿐, 그 남자를 조금도 아는 체하지 않았다.

남자는 품에서 돈주머니를 꺼내어 보석 상인에게 내밀었다. 보석 상인은 남자가 내민 돈주머니를 힐끗 쳐다보더니 이내 그 남자의 얼굴로 시선을 옮겼다. 이윽고 그 남자를 바라보는 보석 상인의 눈길에 분노가 어리기 시작했다. 반면에 그 남자는 허공으로 손을 내뻗은 채로 한참 동안 그렇게 서 있었다.

군중들은 쥐 죽은 듯이 침묵한 채 그 광경을 구경했다. 드디어 보석 상인은 그 남자가 건넨 돈주머니를 밀어 내면서 단호하고도 차가운 목소리로 말했다.

"당신처럼 의리 없는 사람의 돈으로는 이 황금 달걀을 살 수 없습니다."

보석 상인의 말에 얼굴이 새빨갛게 변한 남자는 고개를 힘없이 떨구었다. 보석 상인은 그 남자의 손길을 과감하게 무시하고는 자루에서 커다란 쇠절구를 꺼냈다. 그리고는 사람들의 둥그레진 시선 아래서 황금 달걀을 절구 안에 넣고 절굿공이로 빻기 시작했다.

순간 황금 달걀을 사려고 했던 남자의 얼굴이 새하얗게 질렸다.

"그만두시오. 그건 내가 산 거요. 원한다면 더 많은 돈을 주겠소."

하지만 보석 상인은 들은 척도 하지 않은 채 계속해서 황금 달걀을 빻았다. 보석 상인이 황금 달걀을 잘게 빻으면 빻을수록 그것을 사려고 했던 남자의 얼굴은 더욱더 새하얗게 질려갔다. 급기야는 숨을 헐떡거리기까지 하였다.

하지만 보석 상인은 조금도 신경쓰지 않았다. 그저 있는 힘을 다해 황금 달걀을 빻을 뿐이었다. 황금 달걀이 가루가 될 때까지 빨고 또 빨았다. 군중들은 숨을 죽인 채 마른 침을 삼키며 구경하고 있었다.

보석 상인은 황금 달걀을 다 빨은 후에 자리에서 일어났다. 그리고는 보란 듯이 사람들의 머리 위로 절구를 들어올리더니, 황금 가루를 오른손으로 한 웅큼 집어 들었다.

그는 아주 잠시, 오만스런 태도로 황금 달걀을 사려고 했던 남자의 얼굴을 쳐다보았다. 마치 학질에 걸린 사람처럼 덜덜 떨고 있던 그 남자는 애원하는 듯한 눈길로 보석 상인을 바라보며 여전히 황금 가루를 간절히 원했다.

하지만 보석 상인은 꿈쩍도 하지 않았다. 잠시 후, 보석 상인은 황금 가루를 불어 공중으로 흩날렸다. 군중들은 황금 가루를 잡기 위해 서로를 밀치며 짓밟기 시작했다. 그 때 황금 달걀을 사려 했던 남자는 자신의 가슴을 쥐어뜯으며 바닥으로 쓰러졌다.

하지만 군중들은 괘념치 않았다. 황금 가루를 조금씩이라도 더 얻기 위해 아우성을 칠 뿐이었다. 황금 가루를 저마다 얼마씩 얻고 난 뒤에야, 안도의 숨을 내쉬며 바닥에 쓰러져 있는 남자에게로 시선을 돌렸다. 상인들 중 몇몇이 나서서 그 남자를 부축해 집으로 데려갔다.

보석 상인은 마치 아무 일도 없었다는 듯이 자루를 챙겨 들고 시장을 벗어났다. 파디샤와 총리 대신은 그의 뒤를 조심스럽게 따라갔다. 얼마 가지 않아 그를 따라잡자, 파디샤가 근엄한 목소리로 말했다.

"당신과 이야기를 나누고 싶습니다."

보석 상인은 깜짝 놀란 표정으로 두 사람을 바라보았다.

"나는 당신들이 누군지 모르겠는데요."

"우리는 당신을 알고 있소. 당신은 조금 전 한 사람을 완전히 망가뜨려 버리더군요."

파디샤가 말하자, 보석 상인은 씁쓸한 미소를 지어 보였다.

"당신이 아마도 뭘 잘못 보신 모양이군요. 그를 망가뜨린 건 내가 아니라 그 사람의 탐욕이오."

"그 사람에게 황금 달걀을 팔면 하늘이 무너지기라도 한답디까?"

총리 대신이 두 사람의 대화에 끼어 들었다.

"잘 모르는 문제를 함부로 추측하여 끼어들지 마시오."

보석 상인이 대꾸했다.

"우리가 잘못 본 거라면, 당신 입으로 그 일의 진상을 말해 주시오."

파디샤가 말했다. 보석 상인은 파디샤와 총리 대신을 머리 끝부터 발끝까지 훑어보았다.

"설명이야 해 줄 수 있지요. 하지만 조건이 있소. 나의 조건을 먼저 들어주시오."

"무슨 조건이든 말만 하시오. 기꺼이 들어주겠소."

총리 대신이 말했다.

"그리 어려운 일은 아닙니다. 여기서 사흘 정도 꼬박 걸어가면 나라가 하나 나옵니다. 그 곳에 대장장이가 한 명 살고 있습니다. 아주 솜씨가 좋은 양반이지요. 보석 세공업자만큼이나 섬세하게 작업을 하니까요.

그 투박한 쇳덩이로 튤립이나 히아신스 같은 꽃을 만들어 내는데, 솜씨가 어찌나 정밀한지 마치 잎사귀가 떨리는 듯하답니다. 향기도 맡을 수 있을 것처럼 느껴지고요. 그가 만든 그릇이나 냄비를 보신다면 아마도 발걸음을 멈추고 몇 시간이고 그 자리에 서서 구경하지 않을 수 없을 겁니다.

그런데 얼마 전에 그 대장장이에게 한 가지 이상한 일이 일어났다고 합니다. 손이 말을 듣지 않아서 튤립이나 히아신스 같은 꽃들은 고사하고, 그 흔한 말발굽조차 만들지 못하게 되었다는군요."

"왜 그런 거지요? 이제 일을 그만두려는 건가요?"

총리 대신이 물었다.

"그럴 리가 있나요? 모르긴 몰라도 그것과는 정반대일 것입니다. 너무나도 간절히 일을 하고 싶어하는 듯했거든요.

그는 매일 아침 일찍 일어나 작업복으로 갈아 입고 대장간의 문을 엽니다. 언제나처럼 화덕에 불을 붙인 다음, 쇳덩이를 불 위에 올려놓고 석류처럼 붉게 달궈질 때까지 기다리지요.

쇳덩이가 잘 달구어지고 나면 그것을 모루에 올려놓고 노련한 장인답게 망치를 집어 듭니다. 그런데 그 다음부터가 문제입니다. 그 사람 뜻대로 되지 않으니까요. 망치로 쇳덩이를 내려치려는 순간, 그의 시선이 갑자기 맞은편 벽에 고정돼 버리거든요.

왼손에는 달구어진 쇳덩이를 들고 오른손에는 망치를 든 채 그렇게 한참 동안 꼼짝없이 멈춰 서 있습니다. 그러다가 무엇에 홀린 사람처럼 갑자기 쇳덩이와 망치를 집어 던지고 벽을 향해 내닫습니다. 그 앞에 있는 것이 벽이 아니라 드넓은 초원이라도 되는 것처럼 거침없이 말입니다.

결국 그는 피투성이가 되어 쓰러지고 말지요. 그렇게 단단한 벽으로 뛰어들어 부딪히니 몸이 성할 리 있겠습니까? 나는 그 대장장이가 왜 그렇게 되었는지 궁금해 죽을 지경입니다. 만약 당신들이 내게 그 대장장이의 사연을 알아다 준다면 기꺼이 내 얘기를 들려 드리도록 하겠습니다.”

파디샤와 총리 대신은 의미심장한 눈길로 서로의 얼굴을

바라보았다. 이윽고 파디샤가 말했다.

"알겠소, 대장장이의 사연을 반드시 알아내어 당신에게 전하러 오겠소."

사실 파디샤와 총리 대신도 그 대장장이의 사연이 몹시 궁금했다. 그렇기 때문에 자신들에게 새로이 주어진 과제가 그리 싫지 않았다. 궁전에서 보냈던 단조로운 일상과는 반대로, 멋모르고 시작한 이 모험이 갈수록 더 흥미진진해지고 있었기 때문이었다.

그날 밤 그들은 보석 상인의 집에서 머물렀다. 그리고 다음 날 새벽, 대장장이를 찾아 길을 나섰다. 사흘 밤낮을 걷고 또 걸었다.

나흘째 되던 날 아침, 마침내 대장장이가 사는 나라에 도착했다. 그들은 일단 허기진 배부터 채우기로 했다. 그래서 식당을 하나 골라 잡은 뒤 안으로 들어가 음식을 주문했다. 음식을 배불리 먹고 나자, 식당 주인에게 그 대장장이에 관해 물어 보았다. 마침 식당 주인은 그를 잘 알고 있다고 했다.

"그에게 일을 맡기고 싶으신가요? 하지만 안타깝게도 이제는 그를 추천할 수가 없습니다. 그 가련한 양반은 이제 일을 할 수 없게 되었거든요."

파디샤와 총리 대신은 일을 맡기려는 것이 아니라고 말했다. 그러자 식당 주인은 대장간의 위치를 상세히 알려 주었다. 덕분에 그들은 대장장이가 일하는 대장간을 수월하게 찾을 수 있었다.

잠시 후 그들이 대장간에 도착했을 때, 대장장이는 벌겋게 달구어진 쇳덩이를 화덕에서 막 꺼내어 모루로 옮기고 있는 중이었다. 파디샤와 총리 대신은 숨을 죽였다. 앞으로 어떤 일이 일어날지 몹시 궁금했기 때문이었다.

대장장이는 달구어진 쇳덩이를 모루 위에 올려놓은 다음, 아주 흡족한 표정으로 망치를 집어 들었다. 그리고 망치를 막 내려치려는 순간, 그의 눈길이 맞은편의 벽으로 쏠렸다. 대장장이는 마치 마법에라도 걸린 듯이 그 자리에 얼어붙어 버렸다.

파디샤와 총리 대신은 대장장이의 시선이 고정된 곳을 바라보았다. 더러운 벽 외엔 다른 아무것도 보이지 않았다. 하지만 대장장이의 눈빛은 치열하게 빛나고 있었다. 그는 갑자기 쇳덩이와 망치를 내던지고는 벽을 향해 뛰어가기 시작했다. 온 힘을 다해 내닫더니, 결국은 '쿵' 하는 둔탁한 소리와 함께 그의 몸이 벽에 세차게 부딪히고 말았다.

그는 피투성이가 되어 바닥에 쓰러졌다. 파디샤와 총리 대신은 대장장이의 얼굴을 고통스럽게 바라보았다. 그들은 그의 이마에 난 상처에 붕대를 감아 준 다음, 물수건으로 얼굴을 깨끗이 닦아 주었다. 한참 뒤에야 눈을 뜬 대장장이는 두 명의 이방인을 보고는 깜짝 놀라 눈이 휘둥그레졌다.

"당신들은 누구시오?"

"우리가 누구인지가 뭐 그리 중요합니까? 당신이 피투성이가 되어 바닥에 쓰러지는 것을 보고 도와 주었을 뿐이오."

파디샤의 말에 대장장이의 눈빛이 금세 부드러워졌다. 그리고는 마음이 어느 정도 안정이 됐는지, 파디샤와 총리 대신에게 고맙다는 인사까지 건넸다.

"우린 우리가 해야 할 일을 했을 뿐이오. 하지만 정말로 우리에게 고마움을 느낀다면, 당신이 일손을 잡지 못하고 벽을 향해 미친 듯이 뛰어드는 이유가 무엇인지를 알려 주시오."

파디샤가 말했다. 그러자 대장장이는 한숨을 푹 내쉬었다.

"내 상처를 건드리지 말아 주시오. 내가 설명을 한다 해도 믿지 않으실 겁니다. 도리어 나더러 미친 놈이라며 비웃으실 걸요."

"우리가 왜 믿지 않겠소? 먼저 설명이나 해 보시구려."

"나의 사연이 그렇듯 궁금하시다면 들려 드려야겠지요. 그런데 그 전에 나에게도 작은 바람이 하나 있습니다."

"그게 무엇인지 말해 보시오. 우리가 할 수 있는 일이라면 기꺼이 들어주겠소."

파디샤가 말했다.

"걱정 마십시오, 나의 바람은 아주 작은 것입니다. 여기서 걸어서 나흘 가량 걸리는 곳에 나라가 하나 있습니다. 그 나라에는 뮤에진(이슬람 사원에서 기도 시간을 알리기 위해 기도문을 읽는 사람—옮긴이)이 살고 있습니다. 인품이 어찌나 빼어난지 어른 아이 할 것 없이 누구나 그를 존경하고 사랑하지요.

그런데 얼마 전 그 사람에게 무슨 일이 있었는지 뮤에진 일을 갑자기 그만두었습니다. 하지만 그는 정오의 기도 시간이 가까워 오면 어김없이 사원으로 향합니다. 그리곤 사원의 첨탑에서 눈을 떼지 못한답니다.

사원에 도착하기 오십 미터 가량 전부터 첨탑을 뚫어지게 바라보기 시작하는데, 그의 눈길이 좀체 예사롭지가 않습니다. 마치 신성한 표지라도 찾는 것처럼 몰입해 있거든요. 그러다가 어느 순간 자신이 힘들게 찾던 무언가를 발견하기라도 한 양, 기쁜 표정을 함빡 지으며 첨탑 안의 계단을 쏜살같이 뛰어오릅니다.

그를 뒤따라가 본 사람이 없기 때문에 그 안에서 무슨 일이 일어나는지는 알 수 없습니다. 그런데 한 가지 이상한 일은 그가 오래지 않아 몹시 허탈한 표정을 지은 채 힘없이 밖으로 나온다는 것입니다.

이제 그에게서는 더 이상 행복한 눈빛도 흥분된 표정도 찾아볼 수가 없습니다. 마치 온몸의 기운이 쭉 빠진 듯 발을 질질 끌면서 집으로 향하지요. 나는 이 사람의 사연이 궁금합니다. 만약 그에 얽힌 비밀을 알아와서 내게 들려준다면 나도 내 사연을 기꺼이 들려 드리겠습니다."

'대체 이 일의 끝은 어디란 말인가?'

파디샤는 약간 짜증스런 생각이 들어서 속으로 이렇게 중얼거렸다. 그리고는 기가 막히다는 듯한 표정으로 총리 대신의 얼굴을 바라보았다. 총리 대신은 짐짓 미소를 지으며 어깨를 으쓱해 보였다.

'폐하, 저도 모르겠습니다. 하지만 사실 전 이 상황에 불만은 없습니다.'

그들이 눈빛으로 무슨 말을 주고받는지 알 길이 없는 대장장이는 다시금 이렇게 물었다.

"나의 조건을 수락하실 건가요?"

"수락하겠소. 당신의 사연을 알기 위해 우리가 뮤에진의 비밀을 알아오도록 하겠소."

파디샤가 말했다.

다음날 아침 일찍 파디샤와 총리 대신은 다시 길을 나섰다. 그리고 나흘 밤낮을 꼬박 걸었다. 닷새째 되던 날 아침, 그들은 아주 지친 모습으로 뮤에진이 사는 나라에 도착했다.

그들은 정오가 될 때까지 허기를 채우고 지친 몸을 쉬었다. 마침내 정오의 기도 시간이 다가오자 사원 앞으로 걸음을 옮겼다. 그리고 사원 맞은편에 있는 찻집에 자리를 잡고 앉은 뒤 물담배를 주문했다.

물담배를 막 입에 물려고 할 때, 그들이 기다리고 있던 사람이 골목 입구에 나타났다. 그가 뮤에진이라는 사실은 첫눈에도 알아챌 수 있었다. 그의 시선이 이미 사원의 첨탑에 고정돼 있었기 때문이었다.

뮤에진은 다소 큰 키에 구릿빛 피부를 가진, 아주 잘생긴 청년이었다. 그는 시선을 첨탑에 고정시킨 채 사원을 향해 천천히 다가오고 있었다.

파디샤와 총리 대신은 첨탑을 바라보았다. 그 때 뮤에진의 눈빛이 아주 흥미로운 것을 발견하기라도 한 듯이 반짝이기 시작했다. 그리고 기쁨이 역력한 얼굴로 첨탑을 향해 달려가더니, 눈 깜짝할 사이에 그 안으로 사라져 버렸다.

대장장이가 설명했던 것과 똑같았다. 파디샤와 총리 대신은 첨탑 꼭대기를 한참 동안 바라보았지만 뮤에진의 모습은 쉽사리 나타나지 않았다. 그들은 궁금증을 애써 누르며 뮤에진이 다시 나타나기를 기다렸다.

얼마 후, 드디어 뮤에진이 첨탑의 문 앞에 모습을 드러내었다. 조금 전의 기쁨에 찬 표정은 어디론가 사라지고, 어깨를 축 늘어뜨린 채 핏기 없는 얼굴로 그들의 앞을 지나갔다.

파디샤와 총리 대신은 마음껏 피워 보지도 못한 물담배의 값을 치르고는 그의 뒤를 황급히 따라갔다. 그의 모습이 어찌나 애처로워 보이던지, 그에게 말을 거는 일 자체가 죄스럽게 느껴질 정도였다. 파디샤와 총리 대신은 한참 동안이나 아무 말도 하지 못한 채 묵묵히 그의 뒤를 따라갔다.

"우리에게 당신의 사연을 말해 주겠소?"

이 말 한마디를 뱉어낼 엄두가 나지 않는 것이었다. 뮤에진은 저만치 보이는 단층짜리 집을 향해 걸어가고 있었다. 파디샤가 조급증이 나서 중얼거렸다.

"아이고, 집으로 들어가 버리면 어떡하지?"

그들은 용기를 내어서 뮤에진의 곁으로 다가갔다. 깊은 고민에 빠져서 힘없이 걸어가고 있는 뮤에진의 곁에 바싹 붙어 섰지만, 그는 꽤 오랫동안 그들의 존재를 알아채지도 못했다.

"안녕하시오."

총리 대신이 힘겹게 인사를 건넸다. 그제서야 뮤에진은 그 동안 몰입해 있던 세계에서 깨어나, 자기 앞에 서 있는 두 사람의 모습을 바라보았다.

"무슨 일이오?"

그는 몹시 퉁명스럽게 물었다. 파디샤가 말했다.

"아까부터 당신을 주시하고 있었습니다. 기쁘디기쁜 표정으로 첨탑의 계단을 뛰어올라갔다가 아주 절망적인 표정으로 내려오는 것을 보았습니다."

뮤에진은 깜짝 놀란 표정으로 이렇게 물었다.

"나를 주시하고 있었다고요? 무슨 일로 그러십니까?"

"당신의 행동에 관심이 있었기 때문입니다. 다른 사람들과는 사뭇 다르더군요. 길을 걸을 때도 마치 꿈속을 사는 것처럼 보였으니까요. 게다가 사원의 첨탑을 바라보는 당신의 눈빛은 또 어떻고요? 정말이지 평범해 보이지 않았습니다. 마치 아주 비범한 광경을 보고 있는 듯했거든요. 우리 눈에는 그 어떤 비범한 것도 보이지 않았는데 말이지요. 당신에게는 보이고 우리에게는 보이지 않는 그 무엇이 첨탑에 있는 것입니까? 우린 그것이 아주 궁금합니다. 그 이유를 알고 싶어서 이렇게 당신의 뒤를 따라왔습니다."

뮤에진은 손가락으로 단층짜리 집을 가리켰다.

"그럼 나의 집으로 가서서 이야기를 나누시지요."

파디샤와 총리 대신은 기쁜 마음으로 그의 초대를 받아들였다. 뮤에진은 손님들을 안으로 모시고는 다과를 내놓았다.

"어떤 이야기부터 할까요? 내가 첨탑에서 무엇을 보았는지를 들려 드리면 되겠습니까? 그런데 그 전에 나를 위해 한 가지 해 주실 일이 있습니다."

파디샤와 총리 대신은 이제 이러한 방식에 아주 익숙해져 있었다.

"우리가 할 수 있는 일이라면 못 할 것도 없지요."

"나의 요구는 아주 간단합니다. 여기서 걸어서 닷새쯤 걸리는 곳에 나라가 하나 있습니다. 그 나라에 모자 장수가 한 사람 살고 있지요.

그 사람은 그 지역에서 가장 멋진 모자를 만들기로 유명하답니다. 어찌나 정성을 기울여서 일을 하는지 모자를 일 주일에 한 개씩만 만든다고 합니다.

모자를 완성한 다음에는 여느 상인들처럼 시장으로 가지고 가지요. 손님들은 눈이 빠지게 그를 기다리고 있고요. 그 모자는 경매에 붙여지게 됩니다. 그런데 경매를 진행하던 도중 군중들 사이에서 어떤 사람을 보고는 모자고 뭐고 다 팽개친 채 그를 붙잡으러 달려간답니다. '잠깐만, 기다리시오!' 라고 소리치면서요. 그는 결국 묘지까지 죽어라 달려가서는, 두 개의 무덤 앞에 엎드려 혼절할 때까지 울고 또 운답니다.

나는 이 모자 장수의 사연이 궁금합니다. 내게 이 사연을 알아다 준다면 나도 첨탑에서 무엇을 보았는지 들려 드리겠습니다."

파디샤와 총리 대신은 뮤에진에게 그렇게 하겠다고 대답했다.

두 사람은 뮤에진의 집에서 그날 밤을 보낸 뒤, 다음날 새벽 일찍 길을 나섰다. 그리고 닷새 동안 밤낮을 꼬박 걸어갔다. 드디어 엿새째 되던 날 아침, 모자 장수가 사는 나라에 도착했다. 그들은 곧장 시장을 찾았다.

시장을 돌아다니다가 사람들이 잔뜩 모여 있는 곳을 발견했다. 그들은 이내 손에 멋진 모자를 들고 있는 노인을 보았다. 그들이 찾고 있는 사람이 분명했다. 그들은 군중들의 틈에 끼어서 무슨 일이 일어나는지를 구경했다.

처음에는 모든 것이 평범해 보였다. 물건을 팔려고 하는 모자 장수와 사려고 하는 손님들 사이에서 흔히 일어나는 가격 흥정이 있었을 뿐이었다. 하지만 잠시 후, 모자 장수의 시선이 군중들 뒤의 한 곳에 머물렀다.

그 때부터 그는 가격을 올리는 손님들의 목소리를 전혀 듣지 못하는 것 같았다. 파디샤와 총리 대신은 모자 장수의 변화를 한눈에 알아볼 수 있었다.

그들은 모자 장수의 시선이 고정된 방향을 좇아가 보았다. 하지만 그들의 눈에는 조금도 특이할 만한 것이 없어 보였다. 흥정을 구경하는 사람들 이외에는 다른 그 어떤 것도 눈에 띄지 않았다.

그런데 모자 장수의 얼굴이 갑자기 고통스럽게 일그러졌다. 뮤에진이 말한 대로 그가 무언지 모르는 것에 영향을 받은 것이 틀림없었다. 파디샤와 총리 대신은 군중들을 헤치고 모자 장수의 곁으로 다가갔다.

그 때 모자 장수의 애처로운 목소리가 들려왔다.

"가지 마시오, 나를 혼자 두고 가지 마시오!"

주위에 모여 있던 사람들은 흥정을 그만두고 놀란 눈으로 모자 장수를 주시하기 시작했다. 하지만 모자 장수는 그들의 눈길 따윈 안중에도 없었다. 마치 자신을 떠나가는 누군가를 붙잡으려는 듯 오른손을 허공으로 내저으며 신음할 뿐이었다.

"제발 날 두고 가지 마시오!"

군중들은 그의 애처로운 부르짖음에 하나 둘씩 길을 터주었다. 군중들 사이를 빠져 나온 모자 장수는 모자를 팽개친 채 똑같은 말을 연거푸 외치며 앞으로 달려나갔다.

"가지 마시오! 날 떠나지 마시오!"

파디샤와 총리 대신도 그의 뒤를 따라서 뛰기 시작했다. 이 달리기는 마을 입구에 있는 묘지까지 계속되었다. 모자 장수는 묘지에 들어선 후에도 속도를 늦추지 않았다.

잠시 후, 사이프러스 나무가 두 그루 서 있는 꽤 큰 무덤 앞에 다다르자 그는 걸음을 멈추고 숨을 골랐다. 하지만 이내 무덤 앞에 무릎을 꿇고 앉아 마치 애인이라도 되는 듯 흙을 감싸안은 채 울기 시작했다.

파디샤와 총리 대신은 모자 장수의 행동을 어떻게 받아들여야 할지 막막해 하면서 멀찍이 서 있었다. 모자 장수는 정말로 혼절할 때까지 무덤 앞에서 울고 또 울었다. 그가 반쯤 정신을 잃고 땅 위에 쓰러지자, 파디샤와 총리 대신이 그의 곁으로 다가갔다.

그들은 모자 장수를 근처의 우물가로 부축하여 데려갔다. 차가운 물로 손과 얼굴을 씻기자, 모자 장수는 의식이 돌아온 듯 천천히 눈을 떴다. 하지만 자신을 내려다보고 있는 낯선 이들을 발견하고는 놀라움을 감추지 못했다.

"나를 도와 주신 까닭이 무엇입니까?"

"우리도 시장에 있었습니다. 당신의 모습을 보고는 마음이 아팠습니다. 그래서 도울 일이 없을까, 하고 뒤를 따라와 봤지요."

파디샤가 말했다. 모자 장수는 잠시 고개를 떨구었다.

"고맙습니다. 하지만 그 누구도 나를 도와 줄 수 없습니다."

"왜 그런 말을 하시오? 모든 병에는 약이 있고, 모든 고민에는 그 해결책이 있습니다."

파디샤가 말했다.

"내 고민에는 해결책이 없습니다. 난 그 무엇으로도 구제될 수 없습니다."

"살아가는 동안 희망을 버리면 안 되지요. 어쩌면 당신을 괴롭히는 그 고민의 해결책이 우리에게 있을지도 모르고."

파디샤의 말을 들은 모자 장수의 입가에 쓸쓸한 미소가 번졌다.

"이 세상의 그 누구도 내 고민에 대한 해결책을 내놓을 수 없습니다. 내 고민을 듣고 괜스레 마음 아파하지 말고 당신들 갈 길이나 가시구려."

"상관없습니다. 우린 당신의 사연이 아주 궁금합니다. 당신의 슬픔도, 고민도 모두 들을 준비가 되어 있습니다."

"왜 그렇게 내 사연이 알고 싶으신가요? 내 이야기가 얼마나 고통스러울지 짐작되지 않나요? 지금까지 들은 그 어떤 슬픈 이야기와도 비교할 수 없을 만큼 힘들고 괴로운 이야기입니다. 이 세상에는 기쁨과 희망을 안겨 주는 멋진 이야기들도 많은데, 왜 하필이면 나의 괴롭고 슬픈 이야기를 들으려 하는지요?"

"고통을 모르고는 기쁨의 의미를 이해할 수 없기 때문입니다. 당신이 해 줄 이야기는 어쩌면 우리에게 삶에 대한 애착을 갖게 해 줄 수도 있습니다. 게다가 우리는 당신의 이야기를 듣기 위해 닷새 동안이나 쉼없이 걸어서 이 곳까지 왔습니다. 빈손으로 돌아가고 싶지 않습니다."

모자 장수는 이 말을 듣고는 놀란 표정을 지었다.

"그렇게 먼 길을 걸어왔단 말이오? 그런데 내 이야기에 왜 그렇게 관심을 갖고 있는 겁니까?"

파디샤와 총리 대신은 지금까지 자신들이 겪은 이야기를 모자 장수에게 들려주었다. 모자 장수는 그들의 이야기를 귀기울여 들은 후 이렇게 말했다.

"알겠소, 당신들에게 내 이야기를 해 주겠소. 하지만 조건이 있습니다."

파디샤와 총리 대신의 얼굴에 희미한 그림자가 드리워졌다.

"두려워할 것 없소. 난 당신들을 걸어서 엿새 걸리는 나라로 보내지는 않을 테니까. 다만 당신들이 앞으로 알게 될 사연들을 나도 듣고 싶습니다. 장님을 비롯해서 대장장이, 보석 상인, 그리고 뮤에진의 사연을 꼭 알고 싶소. 그들의 이야기를 들은 다음, 이 곳으로 찾아와 나에게 말해 주겠다고 약속한다면 나도 내 이야기를 당신들에게 해 주겠소."

파디샤와 총리 대신은 그의 제안을 받아들였다.

모자 장수는 자신의 이야기를 하기 시작했다.

고통을 알지 못하고는 사랑을 말할 수 없다

모자 장수 이야기

지금으로부터 아주 오래 전에 있었던 일이지요. 우리 집은
이 나라의 외곽 지역에 있었습니다. 그리 부자는 아니었답니
다. 나의 아버지는 목수 일을 해서 생계를 유지해 나갔습니다.

그런데 나는 아버지의 일을 물려받기가 싫었습니다. 아버
지는 나의 이런 마음을 헤아려서 양복점의 조수로 보냈지요.
스승은 아주 좋은 사람이었습니다. 나도 뭐 그리 멍청한 놈
은 아니었고요.

스승은 오래지 않아 나를 믿고 아껴 주었습니다. 그만큼 일
을 빨리 배울 수 있도록 최선을 다해 가르치기도 했고요. 물
론 나도 열심히 노력했습니다. 눈과 귀를 활짝 열고 스승이
가르쳐 주는 것은 무엇이든 하나도 놓치지 않고 배우려 애를
썼습니다.

매일매일 새로운 것들을 배웠습니다. 이 일은 나를 아주 행복하게 했고, 나도 쓸모 있는 사람이 되어 간다는 것을 느끼게 해 주었습니다.

덕분에 몇 년 안 가 바느질과 옷감 사이의 절묘한 섭리를 꿰뚫게 되었지요. 내가 이 일을 잘 하면 잘 할수록 나를 향한 스승의 사랑은 더욱더 커져 갔습니다.

시간이 좀더 흐른 뒤, 나는 이 나라에서 자못 알아주는 장인의 대열에 끼게 되었습니다. 그 즈음 스승은 나를 온전히 믿고 가게의 열쇠까지 맡겼습니다. 내가 지금은 이렇게 보잘것없는 늙은이가 돼 버렸지만 예전에는 아주 잘생긴 청년이었다오.

우리 가게 맞은편에 나무로 만든 고급 주택이 한 채 있었습니다. 그 집에 아주 아름다운 처녀가 살고 있었답니다. 근방의 모든 청년들이 그랬듯, 나도 그 처녀를 마음속 깊이 사모하고 있었지요.

사모하고 있기는 했지만 그 감정은 꿈 이상의 것이 아니었습니다. 그녀는 아주 부유한 상인의 딸이었고, 나는 그저 양복점의 가난한 조수에 불과했으니까요.

나는 애써 이렇게 생각하면서 마음을 다독였습니다. 하지만 가슴속에서 타오르는 불꽃마저 끌 수는 없었습니다. 내 눈은 항상 그녀의 집 창문을 향하고 있었으니까요. 그 집의 창가에서 그림자가 어른거릴 때면, '혹시 그녀가 날 바라보고 있는 건 아닐까?' 하는 희망을 품기도 했습니다.

하지만 내 주제를 너무나 잘 알고 있었기 때문에, 그 헛된 희망을 떨쳐 버리려고 옷 만드는 일에 온 정신을 모으곤 했습니다. 관찰력이 빼어난 스승은 이러한 나의 마음을 진작에 꿰뚫고 있었지요.

어느 날 스승이 나를 불렀습니다.

"애야, 요새 좀 이상해 뵈는구나. 뭘 그리 골똘히 생각하는 게냐? 고민거리가 있으면 무엇이든 말해 보거라."

"별일 아닙니다."

나는 이렇게 말했지만 스승은 믿지 않았습니다. 스승은 내가 맞은편 집의 창문을 바라보며 한숨짓는 것을 보고는 이미 눈치를 채고 있었던 것입니다.

며칠 후, 스승은 애타는 눈빛으로 내게 다시 물었습니다.

"혹시 저 맞은편 집에 사는 처녀에게 마음을 빼앗기기라도 한 것이냐?"

나는 부끄러움에 얼굴이 홍당무처럼 붉게 물들었습니다. 아무 말도 못 하고 그저 그렇게 서 있었지요.

"부끄러워할 필요 없다. 너야말로 젊디젊은 청년인데 그런 감정을 느끼는 게 당연하지. 그런데 그 처녀를 정말로 사랑하는 게냐? 아니면 그저 지나가는 열정인 게냐?"

스승이 이런 식으로 말하자 나는 용기가 생겼습니다.

"스승님, 그저 지나가는 열정이라니요? 말도 안 됩니다. 남의 집 귀한 처녀를 별 생각 없이 희롱하는 건 저 스스로에게 수치스런 일입니다."

스승은 미소를 지으며 말했습니다.

"그래, 난 네가 그렇게 생각할 줄 알았다. 암, 그렇고말고, 그래야지."

"하지만 이 일은 성사될 수 없어요."

"왜 안 된다는 거냐? 그 집을 찾아가서 그 처녀와 결혼하고 싶다고 말하자꾸나."

"그 처녀와 결혼하고 싶다고 말하자고요? 그 집에서 그것을 허락할 리가 없잖아요?"

"일단 말은 해 봐야지. 거절당하면 그만이더라도……."

스승은 아주 단호한 어투를 말했습니다.

'스승님, 그녀는 부유한 상인의 딸입니다. 저는 한낱 양복점의 조수에 불과하고요.'

물론 이 말을 입 밖으로 내지는 못했습니다.

"너도 열심히 일하고 노력하면 부자가 될 수 있단다. 젊고 혈기왕성한 데다 재능까지 있는데 뭘 그리 두려워하느냐? 게

다가 난 그 처녀의 아버지를 잘 알고 있다. 돈에다 모든 것의 의미를 부여하는 사람은 아니란다."

스승은 결국 시도를 했습니다. 스승은 내 부모님과 함께 그 처녀의 집으로 청혼을 하러 갔습니다. 나는 가슴을 졸이며 집에서 기다리고 있었지요. 잠시도 마음을 가라앉힐 수가 없어서 연신 창 밖을 내다보며 그들이 돌아오는지를 살피고 또 살폈습니다.

한 시간쯤 지났을까요? 마침내 그들의 모습이 보였습니다. 나는 대문간으로 뛰어나갔습니다. 내가 뭐라고 말을 꺼내기도 전에 스승이 먼저 여느 때처럼 자신감 있는 태도로 말했습니다.

"잘될 거다. 잘될 거야. 넌 아무것도 걱정하지 말거라."

하지만 부모님의 표정은 그리 희망적이지 않았습니다.

"한번 생각해 보겠다고 하더구나."

어머니가 내 귀에 대고 속삭이셨습니다. 나는 애써 마음을 가다듬었습니다. 애초부터 이 결혼은 성사되리라고 기대할 수 없었던 것이니까요. 그럼에도 불구하고 기분이 다소 우울해지는 건 어쩔 수 없더군요.

"언제쯤 결과를 알려 준다고 하던가요?"

나는 힘 빠진 목소리로 이렇게 물었습니다.

"확실한 날짜는 말해 주지 않았지만, 곧 그 집의 의향을 알 수 있을 게다."

어머니가 말씀하셨어요.

스승을 배웅한 후 집으로 돌아오는데, 괜한 일을 했다는 후회가 나의 발목을 잡기 시작했습니다. 왜 말리지 못했을까? 어떤 결과가 돌아올지 뻔히 알면서…….

'우리의 청혼을 거절할 게 뻔해.'

나는 괜스레 스승에게 화가 났습니다. 쓸데없이 내게 희망을 갖게 했으니까요. 이런 생각에 시달리느라 밤새 한잠도 자지 못하고 뒤척였습니다.

다음날 아침, 옷감을 사기 위해 시장에 들르느라 가게에 조금 늦게 나갔습니다. 가게 안으로 들어서는 순간, 기쁨으로 빛나는 스승의 얼굴을 보았습니다. 짐꾼의 등에 있던 옷감들을 받아 내린 후 스승은 곧장 내게 이렇게 말했습니다.

"애야, 이리 와서 앉으렴."

나는 궁금증을 애써 누르며 스승이 가리키는 자리에 앉았습니다.

"오늘 아침 일찍 그 처녀의 아버지가 다녀갔단다."

그리고는 내 얼굴을 한참 동안 물끄러미 바라보았습니다.

나는 숨도 제대로 쉬지 못한 채 스승의 얼굴을 응시했습니다.

"그 사람이 뭐라고 했는지 궁금하지 않느냐?"

나는 더듬거리며 물었지요.

"뭐, 뭐, 뭐라고 했나요?"

"축하한다, 애야. 그 처녀를 네게 주겠다는구나."

나는 그 말을 믿을 수가 없었습니다.

"그게 정말인가요?"

나는 여전히 더듬거리며 말했지요.

"정말이고말고. 내가 말했지 않느냐? 그 처녀를 데려올 수 있다고……."

나는 벌떡 일어나 스승의 손등에 입을 맞추었습니다.

"감사합니다, 스승님. 이 은혜를 어떻게 하면 갚을 수 있을까요?"

"난 내가 해야 할 일을 했을 뿐이다. 스승이란 원래 제자에게 직업적인 기술뿐만 아니라 삶에 대한 지혜도 가르쳐야 하거든. 물론 가르치는 것에 머물러선 안 되고, 제자에게 실제적으로 힘을 실어 주어야 하지. 기댈 어깨도 되어 주어야 하고……."

결혼 준비는 속전속결로 진행되었습니다. 물론 스승은 그때도 힘 닿는 대로 내게 도움을 주었지요. 오랫동안 비워 둔 채 사용하지 않고 있는 집이 한 채 있었는데, 조금의 망설임도 없이 우리에게 그 집을 내주었습니다. 우리는 그 집을 온 정성을 다해 꾸몄습니다.

육 개월 후, 드디어 결혼식을 올렸습니다. 그리고 첫날밤, 나는 아내에게서 뜻밖의 고백을 들었습니다. 그녀도 이전부터 나를 사랑하고 있었다는 고백을요.

내가 창가를 서성이며 그녀의 그림자를 보고 있을 때 그녀역시 나를 보고 있었다는 사실을 알게 되었지요. 아내의 고백이 나를 얼마나 기쁘게 했는지 말로 다 표현할 수 없을 지경입니다. 이 세상에서 가장 큰 행운이라는 생각이 들 정도였으니까요.

그 후 우리는 정말로 행복하게 살았습니다. 나는 하루 종일미친 듯이 일을 했고, 저녁이 되면 기쁨에 들떠 집으로 향했습니다. 문 앞에서 아내의 웃는 얼굴을 대하면 그 동안 쌓인피로가 말끔히 씻겨 버렸지요.

하지만 우리의 행복은 그리 길게 가지 못했답니다. 결혼한지 두 달 정도 되었을 때, 영토 문제로 수년 동안 불화가 있었던 이웃 나라와 전쟁이 일어났기 때문입니다.

나라 안의 모든 젊은이는 전쟁터로 나가야 했습니다. 어느 날 새벽, 나 역시 죽도록 사랑하는 아내와 헤어져 전쟁터로 끌려 나갔지요.

전쟁터에서 보낸 첫날은 내게 모든 것이 그전과 달라졌다는 것을 확연히 알게 해 주었답니다. 하루 전의 삶은 이제 아주아주 먼 옛날의 일이 되어 버렸다는 것을…….

죽음에의 공포와 피로로 가득 찬 날들이 계속되었습니다. 함께 참전했던 친구들의 대부분은 첫 격전지에서 목숨을 잃었습니다. 그것도 내 눈앞에서요.

어떤 사람들은 팔과 다리를 전쟁터에 두고 오기도 했고요. 조금 더 운이 있던 사람들은 비교적 작은 상처를 입고 살아남았습니다. 나도 이런 운 좋은 사람들 중의 한 명이었지요. 그 격렬한 전투에서 아주 작은 상처만 입은 채 살아 남았으니까요.

전쟁이 시작되고 나서 두 달 가량은 이러한 행운이 계속되었습니다. 그러니까 그 불운한 기습을 당하기 전까지 말입니다. 몇 주일이 흘러가도 전쟁은 끝날 기미를 보이지 않았습니다. 적군도 아군도 모두 지친 상태였지요. 어느 쪽이 이길지 승부를 가늠할 수 없는 아주 팽팽한 전투가 날마다 이어졌습니다.

장교와 사병 가릴 것 없이 두 나라의 군대는 지칠 대로 지쳐서 진력이 나 있었습니다. 나중에는 심지어 참호에서 "아무렴, 어때!"라거나 "이기건 지건 될 대로 돼라지."와 같은 불평들이 쏟아지곤 했습니다.

아, 옛날 속담에 이런 말이 있지 않습니까?

"강물은 잠을 자도 적군은 잠들지 않는다."

그 말은 헛소리가 아니었습니다. 이런 불평이 얼마나 잘못된 것이었는지, 어느 날 저녁 우리 모두가 처절하게 깨달아야 했습니다. 저녁 급식을 먹고 나무 그늘에 앉아 쉬고 있을 때였습니다. 막 식사를 마친 터라 졸렸던지 보초병들조차 접근하고 있는 적군의 정체를 알아채지 못했습니다.

급습을 당했을 때는 이미 모든 것이 늦어 버렸습니다. 우리는 미처 대항을 할 틈도 가지지 못한 채 적군의 포로가 되고 말았으니까요. 반항하는 사람은 그 자리에서 곧바로 죽임을 당했습니다. 나도 결국 다른 전우들과 함께 백 명 가량 되는 포로들 사이에 끼게 되었지요.

적군들은 우리를 전쟁터에서 멀리 떨어진 자기들의 나라로 보냈습니다. 그리고 감옥에 가두었습니다. 정확히 여섯 달 동안을 그 감옥에서 지냈습니다. 여섯 달 후, 그들은 우릴 밖으로 끌어냈지요.

"이제 살았어!" 하고 안도의 숨을 쉬고 있는데, 우리를 그 나라의 널따란 광장으로 끌고 나가더군요. 노예 시장이었습니다. 우리는 곧 경매에 붙여졌지요. 한 지주가 나와 내 친구들을 샀습니다.

그는 우리가 도망칠 수 없도록 굵은 밧줄로 한데 묶어 놓았습니다. 나중에 알게 된 것이지만, 그 밧줄의 끝은 농장 책임자 소유의 말에 묶여 있었습니다. 지주와 그의 하인들은 말에 타고 우리는 걸어서, 그 나라의 외곽 지역에 있는 농장으로 향했습니다.

이렇게 해서 나는 이국 땅에서의 노예 생활을 시작하게 되었습니다. 지주는 아주 악랄한 사람이었습니다. 그의 눈에 우리는 우리에 갇힌 돼지나 다름없었지요. 하지만 그래도 감옥 생활보다는 나았습니다. 그것으로 애써 위안을 삼으며 열심히 일했습니다.

어느 날 지주는 우리를 불러 모았습니다. 그리고 이전의 직업이 무엇이었는지 일일이 물어 보더군요. 내가 재단사였다고 답하자, 그는 옷감과 실, 바늘을 던져 주면서 노예들이 머물고 있는 방의 창문을 가리켰습니다.

"저 창문에 달 커튼을 만들어 보거라. 네 실력을 한번 보자꾸나."

그날 오후 나는 커튼을 만들어서 보여 주었습니다. 지주와 그의 아내는 내가 만든 커튼이 마음에 들었는지 나를 집 안으로 불러들였습니다.

"넌 이제 밭에 나가지 않아도 된다."

이렇게 해서 나는 농장의 재단사로 일하게 되었습니다. 불만은 없었습니다. 아무것도 할 줄 몰라서 힘겹기만 했던 농사일에서 해방된 것만으로도 다행이었으니까요.

나는 최선을 다해서 일했습니다. 내가 주문받은 것들은 제 날짜에 제대로 완성해 내려고 노력했습니다. 나의 이러한 태도가 지주의 마음에 들었는지 대우가 점차 달라졌습니다. 다른 노예들에 비해서 생활 환경도 꽤 많이 좋아졌고요.

친구들은 나를 부러워했지요. 하지만 나는 전혀 행복하지 않았습니다. 아내와 고국을 향한 마음속의 그리움은 전혀 삭혀지지 않고 있었으니까요. 나는 기회만 생기면 도망치려 했습니다.

하지만 그것은 생각만큼 쉽지가 않았습니다. 포로의 신분이었기 때문에 도망치다 잡히면 그 자리에서 죽게 될 것이니까요. 따라서 계획을 치밀하게 세우지 않으면 안 되었습니다.

여름이 끝나고 추수가 한창일 무렵, 농장의 일꾼들이 모두 농사일에 열중하고 있을 때였습니다. 나는 조용히 농장을 빠져 나갔습니다. 그리곤 농장에서 약간 떨어져 있는 숲 속으로 들어갔지요.

그런데 채 두 시간도 지나지 않아서 숲의 고요함을 깨뜨리는 소리가 들려왔습니다. 개가 짖는 소리였습니다. 나는 미친 듯이 달리기 시작했습니다. 하지만 헛수고였습니다. 얼마 지나지 않아 붙잡히고 말았거든요.

농장으로 되돌아가는 길 내내 혹독하게 매질을 당했습니다. 농장에 도착하자마자 그들은 나를 광에 가두어 버리더군요. 낮인지 밤인지 구별할 수가 없었습니다. 그 광에서 얼마 동안을 지냈는지도 알 수가 없습니다. 목숨을 겨우 연명할 수 있을 정도의 딱딱한 빵 한 조각과 물 한 컵이 주어졌을 뿐 들여다보는 이 하나 없었으니까요.

그러던 어느 날, 나는 지주의 부름을 받고 그 앞으로 끌려갔습니다. 지주는 꽤 다정하게 대해 주었습니다.

"재능이 많은 너에게 가혹하게 대하고 싶지 않다. 하지만 도망치려는 것은 헛된 노력이라는 사실을 명심하거라. 널 사기 위해 나는 많은 돈을 지불했다. 본전을 뺄 때까지는 널 풀어 줄 수 없어."

나를 사기 위해 지불한 돈이 과연 얼마일까? 그 비용을 다 갚을 때까지 얼마 동안 일을 해야 하나? 모든 것이 불확실했습니다. 나의 자유는 오로지 지주의 손에 달려 있었습니다.

나는 더 이상 별 도리가 없다는 것을 깨달았습니다. 복종하는 수밖에요.

그렇게 몇 년이 흘러갔습니다. 머리카락이 빠지고 얼굴에 주름이 생기기 시작했지요. 하지만 나는 여전히 희망을 잃지 않고 있었습니다. 언젠가는 고국으로 돌아가 나를 기다리고 있는 아내와 만날 수 있을 거라고 믿었습니다. 그것이 나를 지탱하게 하는 유일한 희망이었으니까요. 이 희망을 실현시키는 데 정확히 십칠 년이란 세월이 필요했습니다.

지주는 사냥을 좋아했습니다. 그래서 아침 일찍 하인들과 사냥개들을 데리고 맞은편 산자락으로 사냥을 나가곤 했습니다. 그러던 어느 날이었습니다. 정오 무렵밖에 되지 않았는데, 사냥을 나갔던 사람들이 되돌아오는 것이 보였습니다.

이상하게도 그들 중 몇 명은 나무로 만든 들것을 들고 있더군요. 들것에는 사람이 누워 있는 듯했습니다. 그 사람이 누구인지 알아보려고 기웃거리는데, 별안간 집 안에서 비명 소리가 들려왔습니다. 그와 동시에 안주인이 눈물을 흘리며 사냥터에서 돌아오는 무리 쪽으로 황급히 뛰어가는 것이 보였습니다.

우리는 들것에 누워 있는 사람이 지주라는 사실을 금방 알게 되었지요. 그가 탄 말이 멧돼지를 보고 놀라 균형을 잃는 바람에 바위 위로 떨어지면서 목이 부러졌다고 했습니다.

나는 평소에 그 사람을 좋아하진 않았지만, 그런 식으로 죽었다는 사실은 퍽 유감스럽게 느껴졌습니다. 어쩌면 그는 오래지 않아 나를 해방시켜 줄지도 모르는데 말입니다. 다시 모든 것이 불확실해지고 말았습니다.

지주는 아내 외엔 가족이라곤 아무도 없었습니다. 자식 한 명 없었거든요. 지주의 아내에게는 도시에서 사업을 하는 남동생이 한 명 있었습니다. 그는 사고 소식을 듣자마자 농장으로 달려왔습니다.

장례를 치르고 이틀이 지나자, 지주의 아내와 남동생이 우리를 불러 모았습니다. 남동생은 이 농장을 팔 것이라고 했습니다. 그리고 누나를 자신이 살던 도시로 데려가겠다나요. 이 소식에 우리는 기뻐해야 할지 슬퍼해야 할지 종잡을 수가 없었습니다. 우리들 중 한 명이 물었지요.

"그럼 우리는 어떻게 되나요?"

지주의 아내가 말했습니다.

"여러분들을 모두 도시로 데리고 갈 수는 없어요. 이제 각자 알아서들 하세요. 가고 싶은 곳으로 가라고요. 어디든 원하는 곳을 찾아가서 일하세요."

한 순간 정적이 흘렀습니다. 아무도 그 말이 무슨 뜻인지를 물어 볼 용기를 내지 못하고 있었기 때문이지요. 나는 더 이상 참지 못하고 벌떡 일어섰습니다.

"그러니까 마님, 이제 우리는 자유라는 말씀인가요?"

"그래요, 잘 이해했군요. 이제 모두 자유예요. 도시에서는 당신들의 도움이 필요 없어요."

우리는 즐거운 비명을 지르며 농장 안을 뛰어다녔습니다. 십여 년 전에 떠났던 고국과 아내에게로 돌아갈 수 있게 되었으니까요.

나는 서둘러 짐을 싸기 시작했습니다. 이제 이 농장에서, 아니 이 이국 땅에서 단 한 순간도 머물고 싶지 않았습니다. 삼십 분쯤 후, 나처럼 흥분에 휩싸인 친구 세 명과 함께 농장을 나섰습니다.

우리는 몇 날 며칠 쉬지 않고 걸었습니다. 아무도 여기에 딴죽을 걸지는 않았습니다. 이제는 자유의 몸이었으니까요. 가끔 불길한 생각이 들지 않았던 것은 아닙니다. 고국을 떠나온 지가 너무도 오래되었으니까요.

그 사이 가족들에게 혹시라도 나쁜 일이 생겼으면 어떡하지, 하는 불안감이 때때로 가슴속으로 파고들었습니다. 십칠 년이란 세월은 너무나도 긴 시간이니까요. 내가 없는 사이, 제발 아무 일도 일어나지 않았기만을 바랄 수밖에 없었습니다.

우리가 고국으로 돌아가기까지는 꼬박 사십 일이 걸렸습니다. 사십 일이 지난 후, 드디어 내가 나고 자란 도시에 도착했습니다. 우리는 여행길에서 만난 대상(隊商, 사막 지방에서 낙타나 말에 상품을 싣고, 떼를 지어 먼 곳을 다니면서 장사하는 상인)들과 함께 어느 여인숙에 묵었습니다. 대상을 이끌던 행수가 이렇게 말했습니다.

"오늘 밤은 여기에서 머물고, 내일 아침 일찍 다시 길을 나서도록 하지."

하지만 나는 아침까지 기다릴 수가 없었습니다. 그리움을 더 이상 억누를 수가 없었거든요. 행수의 만류에도 불구하고 혼자서 길을 나섰습니다.

여인숙에서 길을 나선 지 한 시간쯤 지났을 때 해가 졌습니다. 후텁지근한 여름밤이었지요. 이제는 내게 아주 익숙한 땅이 눈앞에 펼쳐졌습니다. 발바닥이 땅에 닿지 않는 듯했습니다. 까치발로 뛰듯이 하면서 무작정 앞으로 달려나갔지요.

아내가 날 보면 얼마나 기뻐할까. 검은 눈동자에 어릴 기쁨의 빛이 눈에 선했습니다. 흥분이 가슴을 가득 채운 나머지, 즐거운 노래가 되어 별빛이 빛나고 있는 초원으로 흘러내렸습니다. 그 노래는 왼쪽으로 펼쳐져 있는 산맥의 골짜기를 타고 멀리로 멀리로 퍼져 나갔지요.

나는 쉬지 않고 몇 시간이나 그렇게 걸었습니다. 사계절 내 내 마르지 않고 줄기차게 흐르는 강물 위에 걸려 있는 다리를 지나 고향 땅에 도달했을 때는 자정이 훨씬 지난 시각이었습니다.

그런데 막상 고향으로 돌아와 발걸음을 옮기자니 마음이 착잡해져 왔습니다. 딱히 달라진 것도 없는데 말입니다. 돌담을 따라 끝없이 이어지는 좁은 골목, 그 밑의 흙길, 광장 한가운데에 있던 작은 분수까지도 내가 떠나기 전의 모습 그대로였습니다.

좁은 골목을 지나 언덕배기에 자리잡은 우리 집을 향해 걸어갔습니다. 나의 고향 마을은 여름철에 몹시 무더워서, 사람들이 비교적 선선한 옥상에서 잠을 청하곤 했습니다. 나는 즐거운 마음으로 옥상에서 자고 있는 사람들의 얼굴을 하나하나 살폈습니다. 대부분은 내가 알고 있던 사람들이었습니다. 친척들이거나 너무나 친절했던 이웃들이었지요.

가파른 언덕길은 나를 지치게 만들었습니다. 예전처럼 젊지 않았으니까요. 어쩌면 아내가 나를 알아보지 못할 수도 있겠다는 생각이 들었습니다. 그녀도 늙었을까? 우리가 결혼했을 당시의 아름답디아름답던 그녀의 얼굴이 떠올랐습니다.

숨이 목까지 차올랐지만 멈춰 설 수는 없었습니다. 오른쪽에 있는 공터 하나만 지나면 바로 우리 집이었거든요. 피로와 흥분으로 입술이 바싹바싹 탔습니다. 입술에 침을 바르며 발걸음을 좀더 서둘렀습니다. 드디어 우리 집의 옥상이 보였습니다. 여느 집처럼 옥상에 이부자리가 깔려 있더군요. 아내가 깔아 놓은 것이겠지요.

언덕배기를 올라오느라 다리에 힘이 쭉 빠졌지만, 그래도 마지막 힘을 다해 발걸음을 더욱더 재촉했습니다. 가까이 다가가자, 이부자리 위에 누워 있는 사람의 모습이 보였습니다. 그런데 이상하게도 두 명이었습니다.

나이가 들어서 시력이 나빠졌나, 하고 눈을 비벼 보았습니다. 그래도 두 명으로 보이더군요. 나는 반가운 마음이 앞서서 착시 현상이 일어난 모양이라고 생각했습니다. 그러면서도 마음 한구석이 불안하긴 했습니다. 조마조마한 마음을 어루만지며 좀더 가까이 다가가 보았습니다. 옥상 위의 이부자리에서 잠시도 눈을 떼지 않은 채로 말이죠.

그런데 내가 잘못 본 게 아니었습니다. 이부자리 위에는 정말로 두 사람이 누워 있었습니다. 순간 머릿속으로 나쁜 생각이 비집고 들었습니다. 나는 그것을 떨쳐 버리려고 안간힘을 썼습니다. 분명 무슨 사연이 있었을 거라고 애써 위안을 하면서요. 사실 어머니나 장모님이 아내 곁에 누워 있는 것일 수도 있으니까요.

나는 한참 동안 대문 앞에 서 있었습니다. 아내와 함께 옥상 위에 누워 있는 사람이 누구인지 확인하고 싶은 마음은 굴뚝 같았지만, 두려움이 앞서서 행동에 옮기기가 쉽지 않았습니다. 가슴이 답답했습니다.

그냥 이대로 가 버릴까, 하는 생각이 들기도 했습니다. 날이 밝은 후에 다시 찾아올까, 싶기도 했고요. 순간 이런 겁쟁이 같은 생각에 사로잡혀 있는 나 자신이 한심스럽게 여겨졌습니다.

어찌 된 일인지 내 눈으로 확인하는 것이 옳다는 생각이 들었습니다. 나는 마당 안으로 들어섰습니다. 그리고 옥상 위로 올라가 이부자리 쪽으로 조용히 다가갔습니다. 심장이 콩닥콩닥 뛰면서 다리가 후들거렸습니다.

곧 아내의 얼굴을 가까이서 볼 수 있었습니다. 그녀는 왼쪽으로 돌아누운 채 아기처럼 새근새근 숨소리를 내며 자고 있었습니다. 그녀의 오른쪽에는 정말로 누군가가 누워 있었습니다. 하지만 이불을 머리끝까지 끌어당겨 덮고 있었기 때문에 얼굴을 제대로 볼 수가 없었습니다.

어머니인 듯했습니다. 어머니는 주무실 때 이불을 머리끝까지 덮어쓰는 버릇이 있었거든요. 나는 다소 안심을 한 뒤, 떨리는 손으로 이불을 천천히 걷어 올렸습니다.

아, 이불을 걷어 올리지 않았더라면 차라리 나았을 것을! 세상이 온통 내 발 아래로 무너져 내리는 것만 같았습니다. 아내 옆에는 어머니가 아니라 어떤 청년이 누워 있었습니다. 순간 나는 어찌해야 좋을지 알 수가 없었습니다. 이러한 상황은 꿈에서조차 상상해 본 적이 없었기 때문입니다.

내가 아내를 그리워하며 고통받고 있는 동안, 그러니까 아내는 다른 남자를 만났던 것입니다. 놀라움은 곧 분노로 바뀌었습니다. 나는 본능적으로 주머니 속에 들어 있는 칼을 움켜쥐었습니다. 그리고 칼을 꺼내어 가슴을 찌르려는 찰나, 자고 있던 아내가 희미하게 눈을 떴습니다.

그녀의 눈에 비친 놀람과 흥분이 달빛을 받아 고스란히 내게로 전해져 왔습니다. 나는 그녀가 너무나도 증오스러웠지만 차마 칼로 찌를 용기는 나지 않았습니다. 결국은 증오심도 그녀를 향한 내 사랑을 뛰어넘지 못했던 모양입니다.

나는 "신의 저주를 받아라!"라는 말을 내뱉고는 도망치듯 그 자리를 물러났습니다. 어두운 골목을 따라 하염없이 달려 내려갔습니다. 내 발소리를 들은 개들이 컹컹 짖어 댔습니다.

그 소리에 잠이 깬 이웃 사람들 몇몇이 나의 뒷모습을 물끄

러미 바라보았습니다. 어찌 된 영문인지 몰라서 멍한 표정을 지은 채…… 나는 어디로 가야 할지, 어디서 멈춰야 할지 알 수가 없었습니다. 그래서 무작정 앞으로 달려나갔습니다.

얼마나 달렸을까요? 어느덧 강가에 도착해 있었습니다. 강가에 무릎을 꿇고 앉아 운명을 저주하며 엉엉 울었습니다. 그러다 정신을 잃고 말았지요.

다음날 얼굴 위로 내리쬐는 아침 햇살을 받고서야 깨어났습니다. 내가 어디에 있는지 알 수가 없더군요. 처음엔 착각이 일었습니다. 아직도 지주의 농장에 있다고 생각했습니다. 그런데 나를 둘러싸고 있는 것들이 너무나도 낯설게 느껴졌습니다.

나는 한동안 멍한 기분에 휩싸인 채로 있었습니다. 뭔지 모를 공포감이 가슴속으로 파고들어와서 그것을 떨쳐 버릴 양으로 힘겹게 자리에서 일어섰습니다. 그러자 어젯밤의 일이 문득 생각났습니다.

하늘이 무너지는 것 같더군요. 이제는 정말로 갈 데가 없었습니다. 나는 강줄기를 따라 하염없이 걷기 시작했습니다. 얼마쯤 걸었을까요? 한참을 걷다 보니 사람들이 잔뜩 모여 있는 곳이 보였습니다. 그쪽으로 다가가 보았습니다. 누군가가 땅을 치며 울고 있더군요. 혀를 끌끌 차고 있는 사람도 있었고요.

나는 무슨 일인지 궁금해서 군중들을 헤치고 그 안으로 들어가 보았습니다. 그 곳에는 여자와 남자의 시체가 나란히 뉘어 있었습니다. 그들이 누구인지 자세히 보려고 더 가까이 다가갔습니다. 그 여자는 바로 내 아내였습니다.

나는 놀란 나머지 한참 동안 아무 말도 하지 못했습니다. 가까스로 정신을 차린 뒤, 곁에 있는 노인에게 무슨 일인지 물어 보았습니다. 아내의 머리맡에 서 있던 노인은 한숨을 내쉬며 말했습니다.

"운명도 참 기구하지. 저 가련한 여자의 남편은 결혼하고 얼마 지나지 않아 전쟁터에 나갔다오. 그 곳에서 포로로 잡혔다고 하더군. 여자는 날마다 동구 밖에 나가 남편을 기다렸지."

'날마다 기다렸다고? 흥, 잘도 기다렸군! 그렇다면 저 옆에 누워 있는 남자는 뭐란 말인가?'

나는 아내의 주검을 보고서도 분이 풀리지 않아 속으로 이렇게 중얼거렸습니다.

"그녀의 유일한 소원은 남편이 살아 돌아오는 거였다오. 이웃 사람들이 '당신 남편은 죽었어요. 이제 그만 적당한 사람 만나서 재혼해요.'라고 수없이 말했지만 들은 체도 하지 않았지. 매일 밤 대문간에 나와서 한길을 내다보며 남편이 돌아오기만을 기다렸는데……. 결국 어젯밤에 정신이 나가 버렸다지 뭐요? 한밤중에 자다가 깨어나 '제 남편이 돌아왔어요!'라고 소리치며 강가로 달려갔다고 합디다. 아들도 자다 깨선 무슨 영문인지 몰라 무작정 어머니를 뒤따라 나가고……."

'아들이라고? 우리에겐 아이가 없었는데!'

노인은 마치 내 생각을 읽기라도 한 듯 계속해서 이야기했습니다.

"여자는 강가에서 남편의 이름을 하염없이 불러 대다가, 남편이 강물로 뛰어든 줄 알고 물 속으로 들어갔다지. 그러다그만 급류에 휩쓸려서 저렇게……. 아들은 어머니를 구하기위해 물 속으로 뛰어들었다가 덩달아 이렇게 변을 당하고 말았지 뭐요. 쯧쯧, 가엾어서 어이할꼬. 애비 얼굴 한 번 못 보고 자라다가 젊은 나이에 세상을 떠나고 말았으니……."

"그 아이의 애비가 이 자리에 없는 게 차라리 다행이오. 그사람이 여기서 이 꼴을 보고 어떻게 견딜 수가 있겠소?"

노인 옆에 서 있던 뚱뚱한 남자가 끼어들었습니다.

'이 사람들이 지금 무슨 소리를 하는 거야? 누가 누구의 아들이란 거지? 또 그 아들의 애비는 누굴 가리키는 거야?'

나는 내 옆에 서 있는 청년에게 다가가 작은 목소리로 속삭이듯 물었습니다.

"뭐가 어떻게 됐다는 건지 도무지 알 수가 없군. 대체 누가 어떻게 죽었다는 건가?"

"어디 먼 데서 오셨나 보군요? 윗마을에 아주 조신하게 살던 아주머니가 한 명 있었는데, 어젯밤에 정신이 나가서 강물에 몸을 던졌대요. 뒤따라온 아들이 아주머니를 구하려다가 물살에 휩쓸려 함께 죽었고요."

"그 여자의 남편은 없나 보지?"

"십수 년 전에 전쟁터로 끌려갔는데, 그 후로 감감 무소식이었답니다."

"그렇다면 죽은 청년은 누구의 아들이지?"

"누구의 아들이겠어요, 아저씨? 그 아주머니 남편의 아들이지요. 하지만 아주머니의 남편은 아들이 있는지도 모른대요. 남편이 전쟁터에 끌려 나간 후에야 임신한 사실을 알았다고 하니까요."

갑자기 가슴에서 목으로 무엇인가가 울컥 치받쳐 올랐습니다. 숨을 쉴 수가 없었어요. 나는 목을 조르고 있는 그 무엇인가를 떨쳐 내기 위해, 셔츠의 단추를 풀고 손을 목 안 깊숙이로 집어 넣었습니다. 내가 왜 그런 짓을 하는지 알 수가 없었던 청년은 걱정스런 눈길로 나를 바라보았습니다.

"괜찮아요, 아저씨? 얼굴이 새하얗게 질리셨어요."

"내가 도대체 무슨 짓을 한 거야!"

나는 이렇게 소리쳤습니다. 청년은 나의 말에 더더욱 놀라서 다급히 말했습니다.

"아저씨, 서기 그늘에 가서 좀 앉으세요."

그 청년은 나를 부축해서 나무 그늘로 데려갔습니다.

"고맙네."

나는 청년의 부축을 받으며 나무 그늘에 주저앉았습니다. 순간 아내와 아들의 주검이 시야에 들어왔습니다. 눈물이 와락 쏟아지더군요. 당장 그들에게로 달려가 껴안고 싶었습니다.

하지만 몸이 말을 듣지 않았습니다. 나는 힘겹게 자리에서 일어섰습니다. 그리고 빠른 걸음으로 그 자리를 벗어났습니다. 마치 이 강에서, 이 사람들에게서, 이 마을에서 멀어지면 모든 것이 예전으로 되돌아가지 않을까 해서요. 아, 그리하여 아내와 아들이 되살아날 수만 있다면…….

하염없이 걷고 또 걸었습니다. 그러다 어젯밤에 왔던 길과 맞닥뜨렸습니다. 해가 중천으로 떠오르면서 따가운 햇살이 이마 위로 내리쬐었습니다. 몹시 지치고 목이 말랐지만 발걸음을 멈추는 것이 두려웠습니다. 거기서 멈춘다면 다시는 걸을 수 없을 것 같아서요.

시간이 얼마나 흘렀는지 모르겠습니다. 내 앞에 대상의 행렬이 나타났습니다. 어젯밤에 나와 함께 이 마을로 왔던 그 대상의 행렬이었지요. 나를 본 행수는 고삐를 잡아 말을 멈추었습니다.

"행색이 왜 이런가?"

나는 그의 물음에 아무런 대답도 하지 못한 채 계속해서 걸었습니다. 그는 상인들에게 잠시 쉬라고 이른 뒤, 나를 따라왔습니다.

"무슨 일이 있었기에 이러나? 혹시 아내에게 나쁜 일이라도 생긴 겐가?"

하지만 나는 아무 말도 할 수가 없었습니다. 그에게 무슨 말을 할 수가 있겠습니까?

"혹시 다른 사람과 재혼이라도 했던가?"

그가 이렇게 물어 보자 나는 더 이상 참지를 못하고 와락 울음을 터뜨렸습니다. 그는 산전수전 다 겪은 사람이었지요. 그래서 그런지 더는 아무 말도 하지 않은 채 내 곁에서 묵묵히 기다려 주었습니다. 나는 한참을 그렇게 울었습니다.

그러고 나서 그에게 조금 전에 일어난 일들을 들려주었습니다. 그의 얼굴이 고통스럽게 일그러졌습니다. 그러자 내가 저지른 죄가 고스란히 되살아나서 나도 모르게 한숨이 비어

저 나왔습니다. 그는 내 어깨에 손을 얹었습니다.

"어찌하여 그런 재앙이……. 신이 자네에게 인내심을 주시길 바라네. 하지만 이미 엎질러진 물이란 걸 명심하게나. 지금 자네가 할 수 있는 일은 아무것도 없어."

나는 그의 얼굴을 바라보며 단호하게 말했습니다.

"아니오, 아직은 내게 할 일이 남아 있습니다. 나도 따라 죽겠습니다. 그것만이 유일하게 내가 할 수 있는 일입니다."

이걸 왜 진작 생각하지 못했을까요?

"그렇게 하면 자네 아내와 아들이 살아 돌아올 수 있나? 그건 아주 나쁜 결정이야. 그저 사고였다고 생각하게나."

"사고가 아니었어요! 이건 명백히 살인이라고요!"

나는 감정을 억누르지 못하고 소리쳤습니다.

"자네가 지금 하고 있는 말이 억지라는 건 알고 있지? 스스로를 너무 가혹하게 대하지 말게."

"나도 죽어 버리겠어요."

나는 이렇게 말한 뒤, 그의 허리춤에 차고 있던 칼을 향해 손을 뻗쳤습니다.

"멈추게나! 자네가 진짜로 죽음을 택한다면 그것이야말로 살인이 될 걸세. 인내하고 참게나."

"이런 고통을 어떻게 참아내란 말인가요?"

"그건 자네의 죄일세. 죽음을 택하면 자네의 죄를 회피할 순 있겠지. 하지만 옳은 결정이 아니야. 살아서 그 죗값을 치르도록 하게."

그 때는 그 행수의 말이 전혀 귀에 들어오지 않았습니다. 그런데도 죽음을 택하지는 못했습니다. 시간이 흐른 뒤에 생각해 보니 그의 말이 옳은 듯합니다. 결국 나는 이렇게 죗값을 치르고 있으니까요.

모자 장수의 눈에 눈물이 맺혔다. 그는 뺨 위로 흐르는 눈물을 훔치며 사이프러스 나무 밑에 있는 두 개의 무덤을 손가락으로 가리켰다.

"내 아내와 아들이 여기에 묻혀 있습니다. 장날 내가 만든 모자를 가지고 나와서 팔려고 할 때마다, 군중들 사이에서 그들을 보게 됩니다. 그들은 멍한 눈길로 나를 바라보면서, '우리가 당신에게 무슨 잘못을 했지요? 왜 우리를 비방했나요?'라며 원망을 하곤 한답니다.

그리고는 내게 용서를 구할 시간도 주지 않고 무덤으로 날아가 버리지요. 나는 그들을 따라잡고 싶은 마음에 무작정 뒤따라 달립니다. 그들이 손끝에 잡히려는 찰나, 정신을 차려 보면 언제나 이렇게 무덤 앞에 와 있습니다.

아들이 비석에 손을 갖다 대면 마치 마법의 문이기라도 한 것처럼 무덤이 반으로 갈라집니다. 두 사람은 이내 무덤 안으로 사라져 버리지요. 나도 무덤 안으로 따라 들어가기 위해 안간힘을 써 보지만, 무덤은 두 사람이 들어서자마자 곧바로 닫혀 버리기 때문에 매번 소용없는 짓이 되고 맙니다.

그래서 이렇게 무덤 앞에 넋을 놓고 망연히 앉아 있는 거랍니다. 울고 또 우는 것 말고는 내가 할 수 있는 게 아무것도 없어서요."

파디샤와 총리 대신은 무슨 말을 해야 좋을지 몰라서 모자 장수 앞에 그저 멀거니 서 있었다. 얼마 후, 오랜 침묵을 깨고 파디샤가 말했다.

"나의 짧은 소견으로는, 그만하면 당신은 이미 죗값을 충분히 치른 것 같소. 이제 모든 것을 잊고 새 생활을 시작해 보는 게 어떻겠소?"

모자 장수는 너무나 많이 울어서 빨갛게 부어오른 눈으로 파디샤의 얼굴을 뚫어지게 바라보았다. 그리고는 이내 절망감으로 고개를 설레설레 저었다.

"아직 이해하지 못하셨습니까? 이 두 무덤은 내 마음속에 있는 것입니다. 그들에게서 도망칠 수가 없어요. 나는 죽을 때까지 죗값을 치를 겁니다."

파디샤와 총리 대신은 그를 진심으로 설득해 보았지만 아무런 소용이 없었다. 그들은 결국 포기를 하고, 모자 장수를 무덤 가에 내버려 둔 채 다시 길을 나섰다. 그들에겐 아직도 풀어야 할 숙제가 많이 남아 있기 때문이었다. 게다가 뮤에진이 사는 나라는 이 곳에서 닷새 동안 밤낮을 꼬박 걸어가야 하는 거리에 있었다.

엿새째 되던 날 저녁, 그들은 다시 뮤에진이 사는 나라에 도착했다. 그들이 뮤에진의 집으로 가서 대문을 두드리자, 그는 맨발로 뛰어나와 반가이 맞아 주었다. 여독으로 잔뜩 지쳐 있던 파디샤와 총리 대신은 안도감을 느끼며 그의 집으로 들어갔다.

뮤에진은 손님들에게 목욕물을 받아 주고 따뜻한 음식을 대접해 주었다. 그리고는 궁금해 죽겠다는 듯이 조바심을 내며 물었다.

"그래, 모자 장수의 사연을 알아오셨나요?"

뮤에진의 물음에 파디샤와 총리 대신은 선뜻 대답을 하지 못하고 얼마간 머뭇거렸다. 그에게 차마 그 끔찍한 이야기를 들려줄 용기가 나지 않아서였다. 그러나 모자 장수 이야기를 끝끝내 하지 않을 수는 없었다. 그의 이야기를 들려주지 않고는 뮤에진의 이야기를 들을 수 없기 때문이었다.

결국 파디샤와 총리 대신은 자신들의 궁금증을 해소하기 위해 모자 장수의 이야기를 들려주기로 작정했다. 그 이야기를 다 들려주고 나자, 뮤에진의 눈에 눈물이 그렁그렁 맺혔다.

"때때로 생각하는 건데, 삶이란 건 신이 인간에게 준 선물인지 벌인지 종잡을 수가 없군요."

뮤에진의 말에 파디샤가 대답했다.

"삶은 선물이오. 하지만 우리 인간들은 너무나 불완전한 창조물인지라, 우리에게 주어진 이 선물의 맛을 제대로 음미하지 못하고 시시때때로 스스로를 고통 속으로 몰아넣곤 하지요."

뮤에진이 고개를 끄덕이며 대꾸했다.

"당신 말이 맞습니다. 우리 인간은 진정 불완전한 창조물이지요. 멋진 꿈을 꿀 때나 웅장한 건물을 만들 때의 인간은 더없이 숭고합니다. 인간들 스스로 경탄해 마지않지요. 하지만 때때로 얼마나 교활하고 경솔하게 행동하는지⋯⋯. 좀전의 그 아름다운 것들을 창조해 내는 인간들과 같은 족속이라는 게 좀처럼 믿기지 않을 때가 있지요."

"당신이 하는 말들로 봐서는 당신에게 일어난 일도 그리 평범하진 않겠군요. 모쪼록 모자 장수 이야기처럼 슬프지만은 않기를 바랄 뿐입니다."

파디샤가 말했다.

"다행스럽게도 내 이야기는 그만큼 끔찍하지는 않습니다."

"그렇다면 우리를 더 궁금하게 하지 말고 이쯤에서 말씀해
주시지요."

총리 대신이 말했다.

"피곤하지 않으신가요?"

뮤에진은 손님들에게 정중하게 물었다.

"당신에 대한 호기심이 피곤함을 말끔히 가시게 하는걸요."

파디샤가 대답했다.

"그렇다면 내 이야기를 들려 드리도록 하겠습니다."

드디어 뮤에진은 자신의 이야기를 털어놓기 시작했다.

인간의 마음은 바람과도 같은 것

뮤에진 이야기

이 년 전의 어느 날이었습니다. 그날도 나는 여느 때처럼 기도문을 읊기 위해 새벽 일찍 일어나 사원으로 향하고 있었습니다. 여명이 막 밝아 오던 참이었지요.

새벽 안개가 자욱하게 끼어 있는 골목길을 지나가고 있을 때였습니다. 왠지 누군가가 내 뒤를 따라오는 것만 같았습니다. 몇 번이나 가던 길을 멈추고 주위를 살펴보았지요. 하지만 아무도 없었습니다.

그래서 계속 걸어갔습니다. 그 후에도 누군가가 쫓아오는 듯한 느낌은 가시지 않았어요. 눈으로 직접 본 것은 아니지만, 시간이 흐를수록 더욱더 누군가가 나를 주시하며 따라오고 있는 듯한 느낌이 강하게 와 닿았습니다.

하지만 그 누구도 나를 따라오고 있지는 않았습니다. 몇 번이고 갑자기 멈춰 서서 뒤를 돌아다보았지만 아무도 보이지 않았거든요. 적어도 그날, 그러니까 금요일 정오의 기도문을 읊기 위해 사원의 첨탑으로 올라가기 전까지는요.

첨탑에 올라가 기도문을 읊기 전에 주위를 둘러보는 것은 나의 오래된 습관입니다. 거기로 올라가서 도시 전체를 쭉 훑어보고 나야 마음이 편안해지거든요.

그 금요일에도 여느 때와 변함 없이 그렇게 했습니다. 그래서 첨탑의 꼭대기로 천천히 걸어 올라가고 있는데, 갑자기 내 앞에 불사조(不死鳥) 한 마리가 떡 버티고 있지 않겠습니까? 깜짝 놀라서 거의 기절할 뻔했지요.

그런데 참 이상한 일은 놀라기는 했어도 그 불사조가 조금도 두렵게 느껴지지가 않더라는 것입니다. 두려움보다는 되레 경외심 같은 것이 생겨나더군요. 햇빛을 받아서 반짝반짝 빛나는 황금색 깃털이 어찌나 곱고 현란하던지 차마 눈을 뗄 수 없을 정도였답니다.

나는 기도문을 읊는 것도 잊어버린 채 불사(不死)와 지혜의 상징인 그 거대한 새를 넋 놓고 바라보기 시작했습니다. 몇 시간이나 흘렀는지도 모른 채 꼼짝 않고 그 새만 바라보고 있었지요.

그런데 시간이 흐르자 두려움은 사라지고 내 속에서 미처

생각지 못한 욕심이 일더군요. 손으로 만져 보고 싶어졌습니다. 그 반짝이는 깃털을 어루만져 보고 싶어서 참을 수가 없었어요.

결국 나는 그 새에게로 천천히 다가갔습니다. 나의 욕심 때문에 이 마법이 사라져 버리지나 않을지 두려워하면서도 욕망을 억누르지 못했습니다. 나는 그 새를 향해 조심스럽게 한 발짝 한 발짝 내디뎠습니다.

이러한 나의 마음을 불사조가 모르고 있을 리 없지요. 갑자기 날개를 접어 버리더군요. 나는 불사조가 날아가 버릴까 봐, 그래서 다시는 볼 수 없게 될까 봐 두려워졌습니다. 그 새가 이 첨탑에 항상 머물러 있어서, 내가 보고 싶을 때면 언제든 찾아와 볼 수 있기를 바랐습니다.

그 때 불사조의 눈이 초조함으로 흔들리기 시작했습니다. 금세라도 날아갈 준비를 하고 있는 것 같았지요. 나는 순간적으로 그 새를 향해 뛰어갔습니다. 새가 놀라서 도망칠까 봐 두려워하고 있었으면서도 몸은 정반대로 행동하고 만 것입니다.

불사조는 한 일 미터 가량 날아오르더니, 날카로운 발톱으로 내 어깨를 낚아채었습니다. 그리고는 높디높은 공중으로 날아올랐습니다. 몸이 공중으로 떠오르자 나는 두려움으로 발버둥치기 시작했습니다.

하지만 아무리 발버둥을 쳐 봐도 소용이 없었습니다. 불사조의 힘이 어찌나 세던지, 나의 발버둥은 한낱 먼지 같은 힘에 지나지 않았습니다. 불사조는 나의 발버둥을 아랑곳하지 않은 채 공중을 훨훨 날아서 나를 어디론가 데려갔습니다.

내가 살고 있는 도시가 발밑에서 흘러가고 있었습니다. 불사조는 계속해서 위로 날아올랐습니다. 새하얀 구름들을 지나 파란 창공에 다다랐습니다. 햇빛을 막아 주고 있던 구름을 벗어나자 따가운 햇살이 내리쬐었습니다.

다행히 나는 불사조 아래에 있었기 때문에 작열하는 햇빛을 피할 수 있었습니다. 그 거대한 새의 그림자가 나를 보호해 주었던 셈이죠. 지금 생각해 보면 그저 고마울 따름입니다.

우리의 비행은 몇 시간 동안 계속되었습니다. 산과 강, 들, 바다를 수없이 지났지요. 그런데 어느 순간, 우리 앞에 여태껏 한 번도 본 적 없는 거대한 산이 하나 나타났습니다. 산의 정상은 구름보다 훨씬 더 높은 곳에 있었고요.

불사조는 산의 정상을 향하여 높이 날아올랐습니다. 산의 정상이 가까워져서야 나는 그것이 활화산임을 알아차렸습니다. 화산의 입구는 우리 나라 전체를 통째로 삼킬 수 있을 만큼 넓었습니다.

불사조는 화산 안으로 미끄러지듯 날아 들어갔습니다. 그리고 곧 갖가지 색조의 초록색 산맥들이 줄지어 늘어서 있는 울창한 숲으로 내려가기 시작했지요. 숲 위를 얼마나 오랫동안 날았을까요? 갑자기 나무가 빽빽이 늘어서 있는 숲 속에 웅장한 궁전이 하나 나타났습니다.

불사조는 쏜살같이 그 아래로 내려갔습니다. 그리곤 아주 조심스럽게 궁전의 정원에 나를 내려놓았습니다. 내 발이 땅에 닿자, 불사조는 정원의 한쪽 구석에 서 있는 커다란 야자수의 꼭대기로 날아가 올라앉았습니다.

그 곳이 불사조의 둥지였던 것 같습니다. 이따금씩 둥지 밖으로 머리를 내민 채 내가 무엇을 하는지 살피는 것 외에는 별다른 행동을 하지 않았습니다.

나는 속으로 적잖이 겁이 났지만, 그 자리에 가만히 서 있을 수가 없었습니다. 생전 처음 와 보는 이 곳의 정체를 알아야 무엇이든 해 볼 수 있을 것 같았기 때문입니다. 그래서 궁전을 향해 조심스럽게 걸어갔습니다.

몇 발자국 옮기지 않았을 때, 연꽃으로 뒤덮인 커다란 연못 하나가 눈에 띄었습니다. 그쪽을 바라보고 서 있노라니, 정원을 가득 메우고 있던 향기로운 꽃들이 고개를 숙이며 내게 길을 내주었습니다.

나는 연못 쪽으로 천천히 걸어갔습니다. 연못 가까이에 이르자, 물이 어찌나 맑은지 바닥까지 훤히 들여다보일 정도였습니다. 물 위에는 백조들이 한가로이 떠다니고 있었고요.

백조들은 나를 보더니 새하얀 깃털을 곤두세우고 가느다란 목을 길게 빼며 "어서 오세요."라고 말했습니다. 백조들이 "어서 오세요."라고 말했는지 어떻게 아느냐고요? 사랑을 가득 머금은 채 영롱하게 빛나던 그 구슬 같은 두 눈이 그 말 말고 달리 내게 무슨 말을 했겠습니까?

그 연못 안을 들여다보며 내가 감탄사를 연발하고 있을 때, 궁전의 대리석 계단을 내려오는 발자국 소리가 들렸습니다. 고개를 돌려 보니, 몹시 어여쁜 아가씨 한 명이 내게로 걸어오고 있더군요. 그 아가씨는 긴 속눈썹 아래의 아름다운 담갈색 눈으로 나를 한참 동안 응시했습니다.

"어서 오세요."

"만나서 반, 반갑습니다."

나는 그녀의 아름다움에 그만 넋이 나가서 말을 제대로 할 수가 없었습니다.

"당신을 이런 식으로 갑자기 데려오게 돼서 정말로 미안해요."

환하게 미소지으며 말하는 그녀의 모습은 마치 "이렇게 아

름다워서 미안해요."라고 하는 것 같았습니다. 나는 애써 정
신을 가다듬으면서 말했습니다.

"아니오, 미안해 할 것 없습니다. 여기까지 오는 동안 조금
도 불편하지 않았는걸요. 쬐끔 겁을 먹은 것 빼고는요."

"그렇게 생각해 주시니 정말로 다행이에요. 고의는 아니었
지만 당신을 조금이라도 불편하게 했다면 아주 많이 슬펐을
거예요. 당신은 정말로 정직하고 용감한 사람이에요."

"그런 걸 어떻게 알 수 있습니까? 당신은 나를 오늘 처음
보는데……."

"아니에요, 나는 당신을 아주 잘 알고 있어요. 정확히 석 달
동안 당신을 지켜보았는걸요."

"날 지켜봤다고요?"

"네. 당신이 혼란스러워할 것 같으니 미리 자초지종을 말씀
드리겠습니다. 이쪽으로 와서 앉으시지요. 더 편히 얘기를 나
눌 수 있을 거예요."

우리는 그녀가 가리키는 정자 쪽으로 걸어갔습니다. 나는
호기심이 부쩍 일었습니다. 우리는 곧 정자 위의 나무 의자에
나란히 앉았습니다. 그녀가 말했습니다.

"이 곳은 요정들이 사는 나라예요. 이 궁전에는 왕이 살고
있답니다. 나는 공주고요. 물론 당신은 이 나라에 관해 한 번

도 들어 본 적이 없을 거예요. 나도 오랫동안 당신이 살고 있는 나라의 존재를 알지 못했으니까요.

어린 시절에는 여기서 한 발자국도 밖으로 나가지 못했어요. 그런데 내가 어엿한 숙녀로 자라나자, 어느 날 아버지께서 부르시더라고요.

아버지는 그날 우리가 요정이라는 사실을 말씀해 주셨어요. 산 너머에 다른 나라들이 있다는 것도요. 그 나라에는 인간이라는 존재가 살고 있는데, 우리보다 훨씬 더 약한 창조물이라고 하시더군요. 우리가 도와 주어야 한다고…….

그리고는 이렇게 말씀하셨어요.

'내 딸아, 이제 너도 인간들과 만날 때가 되었단다. 내일 불사조가 널 태우고 인간들이 사는 나라로 데려갈 것이다. 그들 사이로 들어가서 그들이 어떤 일을 하면서 살아가고 있으며, 또 어떤 이야기들을 나누는지 알아오너라. 필요할 경우엔 그들을 도와 주어도 좋다. 하지만 절대로 네 정체를 밝혀서는 안 된다. 네가 누구인지 눈치 챌 만한 행동을 하는 것도 안 되고…….'

아버지의 말씀을 귀 기울여 듣고 나자, 여러 가지 궁금증이 일었어요.

'우리 이외에 다른 세계가 있다는 말씀인가요? 인간들은

대체 어떤 창조물이죠? 우리와 닮았어요?'

하지만 아버지는 나의 질문에 아무런 대답도 해 주지 않으셨어요. '내일 네 눈으로 직접 보고 오너라.' 라고만 하셨지요.

그날 밤 나는 인간들의 세상이 너무나 궁금해서 잠을 이룰 수가 없었답니다. 뜬눈으로 밤을 지새운 채 아침이 오기만을 손꼽아 기다렸어요. 드디어 날이 밝아 아침 햇살이 창 너머로 비치자, 나는 자리에서 벌떡 일어났습니다.

외출 준비를 마치고 정원으로 나가 보니, 불사조가 이미 나를 기다리고 있더군요. 불사조는 나를 보자 날개를 땅으로 내렸습니다. 나는 날개를 밟고 등에 올라탔습니다. 그리고는 몸을 숙여 불사조의 귀에 대고, '자, 가자.' 하고 속삭였지요.

불사조는 내 말을 듣자마자 비상하여 빠른 속도로 높이높이 올라갔습니다. 잠시 후 구름 사이로 들어갔답니다. 오랜 시간 동안 날았습니다. 당신이 살고 있는 도시 위를 날고 있을 때까지는 인간의 그림자 하나 보이지 않았습니다.

골목길에서 움직이는 무언가가 보이긴 했지만 그 때까지만 해도 그것의 정체를 정확히 몰랐으니까요. 불사조는 구름을 헤치고 나와 낮게 날기 시작했습니다. 그 때 처음으로 당신을 보게 되었습니다. 당신은 사원의 첨탑 꼭대기에서 흥에 겨워 노래를 부르고 있었지요."

"그건 노래가 아니라 기도문입니다."

"노래든 기도문이든, 거기에 뭐 그리 큰 차이가 있나요? 둘 다 아름다운 언어로 이루어져 있기는 마찬가지잖아요?"

듣고 보니 맞는 말 같았습니다. 그래서 더 이상 대꾸를 하지 못했지요. 그녀는 이야기를 계속했습니다.

"나는 불사조의 귀에 대고 조금만 더 밑으로 내려가라고 말했지요. 덕분에 첨탑의 꼭대기에 아주 가까이 다가갔습니다. 이제 당신의 모습을 아주 잘 볼 수가 있었습니다. 하지만 당신이 등을 돌리고 있었기 때문에 얼굴은 볼 수가 없었답니다. 나는 당신의 뒷모습을 뚫어져라 바라보았습니다. 아, 그런데 그 순간 당신이 갑자기 뒤돌아 앉는 거였어요."

"그렇다면 그 때 내 눈에 당신이 보였어야 했지 않소?"

나는 그녀의 말을 가로막으며 이렇게 물었답니다.

"아니오, 당신은 날 볼 수가 없었어요. 왜냐 하면 우리 사이에는 내 모습을 감추어 주는 구름이 있었거든요. 당신은 뒤돌아 앉아서도 여전히 노래, 아니 기도문을 읊조리고 있었습니다.

그런데 갑자기 내 가슴이 마구 뛰기 시작하는 것을 느꼈습니다. 내게 무슨 일이 일어나는 걸까? 인간과 처음 만나는 요정은 누구나 이런 감정을 느끼는 걸까? 나는 이해할 수가 없었습니다.

하지만 그 느낌이 싫지가 않았어요. 오히려 기분이 좋았지요. 나는 불사조에게 천천히 날라고 말했습니다. 불사조는 그 자리에 멈춰 선 채 날개만 퍼덕였답니다. 나는 당신을 계속해서 응시했어요.

그러고 있다 보니 인간이란 우리 요정들과 참 많이 닮았다는 생각이 들더군요. 하지만 언제까지나 그렇게 허공에 떠 있을 수는 없는 일이었어요. 게다가 당신은 기도문을 다 읊고 난 뒤, 첨탑에서 내려갈 준비를 하고 있었거든요.

나는 당신과 헤어지고 싶지 않았어요. 아버지는 우리가 요정이라는 사실을 절대로 드러내지 말라고 했지만, 나는 지상으로 내려가 당신과 알고 지낼 방법이 없는지 찾고 싶었어요.

나는 불사조에게 '자, 가자.' 하고 속삭였습니다. 우리는 그 곳에서 빠르게 멀어졌어요. 불사조는 나를 한적한 곳에 내려 주었답니다. 그 때부터 나는 인간들 사이를 돌아다니기 시작했습니다.

남의 시선을 끌지 않기 위해 젊은이로 변신을 했습니다. 날 그렇게 놀라운 눈으로 쳐다보지 마세요. 앞으로 더 잘 알게 되겠지만, 우리 요정들은 원하는 모습으로 언제든 변신할 수 있답니다. 어쨌든 나는 젊은이의 모습으로 도시를 거닐기 시작했어요.

가난한 인간들이 살고 있는 빈민가, 부자들의 웅장한 저택, 다양한 물건들을 사고파는 시장 들을 떠돌아다녔습니다. 가난한 인간들도 만나고 부자인 인간들도 만났습니다. 그들과 이야기를 나누기도 했고요. 예술가와 군인, 정치인, 그리고 농부의 얼굴도 봤답니다.

인간들을 만날 때마다 나는 그들의 마음을 읽으려고 노력했습니다. 인간들을 이루고 있는 것들이라면 무엇이든 놓치지 않고 알아내려 애썼어요. 그러면서 단 한 순간도 당신을 잊지는 않았습니다.

저녁 무렵, 하루의 일과가 끝난 뒤에는 혹시라도 당신을 볼 수 있을까 해서 사원 앞으로 달려가곤 했습니다. 나의 기대는 헛되지 않았어요. 그맘 때쯤이면 언제나 당신이 골목 초입에 모습을 나타냈거든요.

당신을 가까이서 보면 볼수록 나의 감정이 그저 스쳐 지나가는 것이 아니라는 생각이 들었습니다. 훤칠한 키에 하얀 피부, 새까만 눈동자, 당신에게 아주 잘 어울리는 턱수염……. 정말이지 너무나 멋진 모습이었어요.

우리 요정들 사이에서도 당신처럼 잘생긴 이는 본 적이 없었답니다. 나는 당신에게 아주 가까이 다가갔지요. 당신의 눈을 가까이에서 들여다보며, 당신의 마음속에 들어 있는 것들을 읽어 내려 애썼습니다. 화산처럼 뜨겁게 빛나는 검고 깊은 눈동자를 자세히 들여다보니 당신은 한없이 선량한 사람이더군요.

어떻게 그렇게 확신할 수 있느냐고 묻고 싶으시지요? 그건 우리 요정들만이 가지고 있는 재주 중의 하나예요. 인간의 눈을 보면 인품을 금세 알 수 있답니다. 인간들이 눈으로 거짓말을 할 수 있다는 것도 알아요. 하지만 요정들은 거짓과 진실을 쉽사리 구별할 수 있답니다.

당신의 눈에서 비친 정직함은 이 도시에 살고 있는 그 누구의 눈에서도 본 적이 없는 것이었습니다. 내가 그 때까지 보았던 인간의 눈은 아주 비겁하고 이기적이며 위선적이었거든요."

'다른 인간들에겐 아주 부당한 평가를 하는군요.'
하고 내가 말하려는 순간, 그녀는 어느새 내 마음을 읽었는지 이렇게 말했습니다.

"아니오, 절대로 부당한 평가를 하는 게 아닙니다. 대부분의 인간들이 그랬어요. 슬프지만 이건 사실이에요. 인간들은 결코 선하지 않아요. 그렇다고 악하다고 단정지을 수도 없지만요. 선과 악 사이를 시시때때로 왔다갔다하는 창조물 같아요. 내가 보기엔 그랬어요. 그래서 때로는 선하고 때로는 악하지요. 인간의 천성에 이기심이 존재하고 있었습니다.

물론 자신의 이익을 위해서가 아니라 타인의 삶을 윤택하게 하기 위해 노력하는 인간들도 있었어요. 당신도 그런 인간들 중의 한 명이었고요."

'아니오, 인간들은 모두 선합니다. 단지 순간적으로 악마의 꾐에 빠져서 잠시 잠깐 정도를 벗어날 때가 있을 뿐이지요.'

나는 이렇게 말하고 싶었습니다.

"물론 그럴 수도 있지만, 내가 볼 때 인간의 마음속에 악마도 천사와 똑같은 크기로 존재하고 있었어요. 선택은 언제나 인간들 자신이 하는 거지요. 그 죄를 엉뚱하게 악마에게 뒤집어씌우려 하지 마세요."

그녀의 말은 내 마음을 몹시 혼란스럽게 했습니다. 나는 인간들을 단 한 번도 그렇게 생각해 본 적이 없었으니까요. 인간에 대한 그런 평가는 처음 듣는 것이었습니다. 그녀는 계속해서 말을 이어 갔습니다.

"당신은 다른 인간들과 많이 달라요. 하지만 내가 말하고 싶은 건 그게 아니에요. 사원의 첨탑에서 당신을 처음 보았을 때, 내 가슴속에서 느꼈던 그 열정적인 설렘은 단지 당신이 선한 마음을 가졌기 때문이 아니거든요.

그건 딱히 뭐라 규정짓기 어려운 힘이었어요. 하지만 무척 강하게 느껴졌지요. 그 감정이 어찌나 강렬하던지 두려움까지 느껴질 정도였는걸요.

나는 요정의 나라로 돌아가면 그 감정이 모두 사그라들 것이라고 생각했습니다. 하지만 막상 돌아가 보니 정반대였어요. 당신을 향한 감정이 사그라들기는커녕 더욱더 강렬한 열정으로 변해 버리더군요.

매 순간 당신을 생각했어요. 결국 당신에 대한 그리움을 참지 못하고, 일 주일 후 아버지를 찾아가 부탁드렸어요. 다시 인간들의 세상으로 가 보고 싶다고……. 아버지는 내 태도가 이상하다고 느끼셨던지 이렇게 물으셨습니다.

'무슨 일이냐? 왜 그 곳에 다시 가고 싶다는 게냐?'

하지만 나는 차마 내 감정을 아버지께 말씀드릴 수가 없었어요. 그래서 아무 일도 없다고 애써 부인했습니다. 아버지는 의심이 가득한 표정이었지만 더 이상 다그치지 않으셨어요.

나는 당신이 사는 도시로 다시 갔습니다. 그리고 당신의 집 앞에서 당신이 나타나기를 기다렸습니다. 그 다음부터는 당신이 어디를 가든 따라다녔어요. 그렇게나마 당신을 볼 수 있다는 것이 나를 행복하게 만들었거든요.

하지만 시간은 한정되어 있었습니다. 나는 또 우리 나라로 돌아가야 했어요. 거대한 화산을 지나 우리 나라에 돌아왔을 때는 이미 당신을 향한 사랑을 포기할 수 없는 지경에 이르러 있었습니다.

며칠 지나지 않아, 나는 다시 아버지께 인간 세상에 다녀오 겠다고 말씀드렸습니다. 아버지는 내 얼굴을 한참 동안 물끄 러미 바라보시더니 이렇게 물으셨지요.

'이제 사실대로 말하거라. 인간을 사랑하게 된 모양이구나, 그렇지?'

요정들만이 가진 예감이 있어요. 그것은 언제나 정확했습 니다. 나는 아무 말도 하지 못했어요. 아버지는 나의 침묵을 '시인'으로 받아들이셨어요. 그리고는 걱정스런 얼굴로 고개 를 저으셨습니다.

'애야, 그 사랑은 불가능한 것이란다. 너희들은 서로 다른 족속이기 때문이지. 인간은 가련한 창조물이야. 우리처럼 강 하지 않아. 너희들은 서로를 이해할 수 없어.'

나는 아무 말도 하지 못하고 그 곳에서 물러나왔습니다. 그 리고는 방 안에 틀어박힌 채 아무하고도 만나지 않았지요. 이 틀이 지나자 아버지가 부르셨습니다.

'알겠다. 난 네 아비로서 할 만큼 했다. 너에게 분명히 경고 를 했으니까. 네가 정녕 그 남자를 원한다면 불사조를 보내

데려오도록 하거라. 하지만 조건이 있단다. 그 남자와 네가 맺어지기 위해서는 그가 시험을 통과해야 한다. 이 곳으로 온 뒤 사십 일 동안, 다른 것은 무엇이든 다 해도 되지만 네 몸에 손을 대는 것만은 절대로 안 된다.

그가 인내심을 최대한 발휘해서 이 시험을 통과한다면 사십 일 후에 성대하게 잔치를 벌여 너희를 맺어 주도록 하마. 하지만 시험을 통과하지 못한다면 즉시 인간 세계로 돌려 보내도록 하겠다. 그렇게 되면 넌 다시는 그를 볼 수 없을 게다. 이 조건을 받아들인다면 그를 당장 여기로 데려와도 좋다.'

나는 아버지의 제안을 기뻐하며 받아들였습니다. 하지만 아버지는 골똘히 생각에 잠기는 눈치셨어요.

'내가 너라면 그렇게 빨리 기뻐하지는 못할 게다. 네가 바라는 대로 되었으면 좋겠구나. 하지만 나는 너처럼 큰 기대를 하지 않는다.'

나는 아버지의 말씀이 귀에 들리지 않았습니다. 당신은 나의 존재를 모르고 있었으니까요. 나 혼자서만 결혼을 원하고 있는 것이나 마찬가지였죠. 이 일을 알고 난 뒤에 당신의 감정이 어떠할지 자신할 수도 없었고요."

그녀는 잠시 말을 멈추고는 애처로운 눈길로 나를 한동안 응시했습니다. 마치 '혹시 마음에 둔 처녀가 따로 있는 건 아닌가요?' 라고 묻기라도 하는 듯이…….

"아니오, 아니오, 난 아직 사랑하는 처녀가 없소."

나는 나도 모르게 이렇게 말했습니다. 그러고 나자, 한편으로는 너무 성급한 대답이 아닌가 해서 부끄러운 마음이 들기도 했습니다. 그녀는 기쁨이 가득한 눈길로 나를 바라보았습니다. 그녀의 눈빛은 내게 용기를 북돋아 주었습니다.

"사실은 저기, 당신을 처음 보는 순간 너무나 아름답고 눈이 부셔서…… 마음을 빼앗기고 말았습니다."

순간 그녀의 반짝이는 눈빛이 촉촉히 젖어 들어갔습니다. 금세라도 기쁨의 눈물을 흘릴 듯이 말입니다.

"그렇다면 지금 내가 얼마나 행복한지 아시겠군요?"

그녀는 더듬거리며 이렇게 말했습니다. 물론 나는 그녀의 마음을 아주 잘 이해할 수 있었지요. 왜냐 하면 같은 감정이었으니까요. 그 때 나의 감정은 말로 다 표현할 수 없을 지경이었습니다.

하지만 그래도 무슨 말인가는 해야만 했습니다. 멋진 말을 해 보려고 나름대로 무진 애를 써 보았지만 아무 말도 생각나지 않았습니다. 그래서 별수 없이 '예.' 라는, 그 무미건조하고 불충분한 말 한마디를 가까스로 뱉어내고 말았답니다.

이러한 멋진 감정을 이전에는 한 번도 느껴 본 적이 없었습니다. 알 수 없는 힘이 나를 그녀에게로 이끌어가고 있었습니다. 그 힘이 어찌나 강렬하던지, 그녀의 그 가냘픈 몸을 거의 껴안을 뻔했답니다.

하지만 다행히 그 순간 요정의 왕이 내세웠다는 조건이 떠올랐습니다. 사십 일 동안 그녀의 몸에 손을 대서는 안 된다는……. 나는 스스로 감정을 억제해야 했습니다. 그래서 애써 그녀에게서 시선을 거두어 다른 곳을 바라보았습니다. 그녀는 나의 이런 마음을 알 턱이 없었습니다.

"날 따라오세요. 당신에게 궁전을 보여 드릴게요."

그녀는 나를 궁전 안으로 데려갔습니다.

궁전 안은 바깥보다 훨씬 더 화려했습니다. 우리 나라의 파디샤가 머무는 궁전은 비할 바도 못 되었지요. 사방이 흰색과 붉은색의 대리석으로 뒤덮여 있었는데, 대리석의 차가움은 전혀 느껴지지 않았습니다.

천장에 매달려 있는 은빛 샹들리에와 장인의 섬세한 손길이 고스란히 전해져 오는 카펫, 넓은 복도를 장식하고 있는 도자기와 상아로 만든 조각품들……. 어느 것 하나 눈길을 끌지 않는 것이 없었습니다.

그런데 신기한 것은 이 웅장하고 화려한 것들이 보는 사람으로 하여금 조금도 주눅들지 않게 한다는 점이었습니다. 장식물들은 하나같이 훈훈하고 따뜻한 느낌으로 와 닿았습니다. 분명 호화로웠으나 품위와 절제가 겸비돼 있어서 편안한 아름다움으로 빛을 내고 있었던 것입니다.

복도의 창문을 이루고 있는 노랗고 파란 색유리가 빛을 은은하게 반사해 주자, 햇빛의 변화에 따라 색의 향연이 펼쳐지곤 했습니다. 우리는 이 색의 향연을 즐기면서 몇 시간 동안이나 궁전 안을 돌아다녔습니다.

내 눈앞에 펼쳐진 것들에 순간순간 눈이 휘둥그레지고 입이 쩍쩍 벌어졌습니다. 하지만 시선을 그녀에게로 돌리고 나면 그 멋진 궁전도 금세 아름다움이 퇴색되고 말았습니다. 내가 사랑하는 그녀의 아름다움에 비하면 아무것도 아니었으니까요.

예술품도 오래 보면 질린다고 하건만, 그녀의 모습은 보면 볼수록 더욱더 아름다웠습니다. 나는 이렇듯 그녀의 아름다움 속으로 깊숙이 빠져 들어가고 있었습니다. 시간이 지날수록 나의 시선은 궁전을 꾸미고 있는 갖가지 장식품들보다 그녀에게로 점점 더 많이 옮겨지고 있었습니다. 그것을 눈치 챘는지 그녀가 이렇게 말했습니다.

"피곤하시면 오늘은 여기까지만 보기로 해요. 내일 다시 보여 드리겠습니다."

그녀는 내가 머물 방으로 안내해 준 뒤, 쉬라고 하면서 물러 갔습니다. 나는 방 안에 혼자 남게 되자, 나른한 피로감에 휩싸인 채 침대 위에 몸을 뉘었습니다. 그녀와 함께 보낸 시간들을 떠올리자, 가슴에서 온몸으로 취기가 퍼지는 듯 아름다운 환상이 번져 나가기 시작했습니다.

그러다 어느 순간 잠이 들고 말았습니다. 얼마나 잤는지 알수가 없습니다. 그녀가 나를 흔들어 깨웠습니다. 우리는 식사를 하기 위해 함께 식당으로 갔습니다. 요정 나라의 왕은 사십 일이 지나기 전에는 나를 보지 않겠다고 했답니다.

차라리 그것이 내게는 다행스럽게 여겨졌습니다. 내심 그를 만나는 것이 부담스러웠거든요. 물론 약간 두렵기도 했고요. 냉정히 얘기하면 두려할 것까진 없었지만요. 그녀와 나는 서로를 사랑하고 있었으니까요. 왕이 반대를 하는 것도 아니고 단지 조건을 내세웠을 뿐인데, 미리 겁먹을 필요까진 없는 거잖아요.

그 조건만 지키면 결혼을 허락해 주겠다고 했다니까, 지금이 순간 내가 해야 할 일은 사십 일이 얼른얼른 지나가길 바라는 것뿐이었습니다. 그 때만 해도 그것이 그리 어려워 보이진 않았습니다.

그날 이후, 나는 하루 종일 그녀와 궁전을 산책하며 이야기를 나누었습니다. 이야기를 나눌 때마다 아주 흥미로운 사실들을 알게 되어서 좋았고, 또 무엇보다 사랑하는 그녀를 매일같이 볼 수 있어서 디없이 행복했습니다. 처음 열흘 동안은 무얼 했는지도 모르게 쏜살같이 지나갔습니다.

하지만 열하루째가 되던 날은 그녀의 아름다움이 내 마음을 몹시 어지럽혔습니다. 그날 우리는 정원을 거닐고 있었습니다. 연못의 가장자리는 아름다운 장미로 뒤덮여 있었고, 연못 안에서는 노란 물고기들이 헤엄치고 있었지요.

그녀는 나의 오른쪽에 앉아서 빨간 장미 꽃잎 위에 서려 있는 이슬을 만지고 있었습니다. 그녀의 갈색 고수머리가 이마로 흘러 내려와 있었고, 도톰한 입술은 살짝 벌어져 있었습니다. 그녀의 뒤쪽에선 분수가 사방으로 물을 뿜어내었고요. 빨간 장미가 빚어내는 향기로운 꽃내음은 연신 코끝을 간질였지요.

이 모든 것들이 그녀의 아름다움을 더욱더 눈부시게 했습니다. 그녀의 아름다움에 취해 정신이 아뜩해지는 것만 같았거든요. 나는 왕이 내세운 조건을 까맣게 잊은 채 그녀에게로 가까이 다가앉았습니다. 그녀는 내가 다가오는 것을 보고 한 걸음 옆으로 물러났습니다.

"지금 뭐하시는 거예요?"

그녀는 걱정스런 눈빛으로 내 얼굴을 바라보았습니다.

"아무것도 아니오."

나는 얼른 정신을 차렸습니다. 그러자 그녀의 눈빛이 점차 부드러워졌습니다.

"제발 조금만 인내해 주세요. 나도 당신과 가까이하고 싶어요. 아시잖아요? 하지만 지금은 다른 방도가 없어요. 한 달만 견디면 돼요. 한 달 후에 우린 결혼식을 올릴 거예요. 그 때가 되면 무엇이든 다 할 수 있어요."

그녀의 말이 맞았습니다. 순간 나약하디나약한 나의 의지가 부끄러워졌습니다.

"조심하겠소. 다시는 이런 일이 없도록……."

나는 굳게 약속했습니다. 하지만 그 다음날이 되자 그 전날과 똑같았습니다. 어느 순간 그녀의 몸을 만지지 않으려고 안간힘을 쓰는 나 자신을 발견하게 되었지요. 어깨 위로 흘러내린 머리칼, 건강하게 그을린 피부가 끊임없이 나의 손길을 유혹하고 있었습니다.

나는 이러한 욕구들을 억누르기 위해 차라리 눈을 감아 버렸습니다. 이제는 그녀와 함께 있는 것 자체가 고문처럼 느껴졌습니다. 이성은 이 무의미한 금기를 받아들이고 있었지만,

가슴속의 뜨거운 감정은 그것을 무시하려고 몸부림을 치고 있었으니까요.

　마침내 이십오 일째 되는 날이 왔습니다. 나는 더 이상 참을 수가 없었습니다. 그래서 그녀에게 눈물을 머금고 한 가지 제안을 하였습니다.

　"앞으로 십오 일 동안 만나지 말도록 합시다."

　그녀의 얼굴에 짙은 그늘이 드리워졌습니다. 그것을 보자 그녀의 마음을 아프게 한 것이 금방 후회가 되었습니다. 하지만 나에게는 더 이상 인내할 힘이 남아 있지 않았습니다. 나의 마음을 눈치 챈 그녀가 힘겹게 대답했습니다.

　"그렇게 해요. 당신이 원하는 대로 할게요."

　"난 더 이상 견딜 수가 없소. 당신 아버지가 얼마나 어려운 조건을 내세웠는지 이제야 알겠구려."

　그녀는 애원하는 눈빛으로 내 얼굴을 바라보았습니다.

　"이제 얼마 남지 않았어요. 조금만 더 참으면 돼요."

　나는 아무 말도 하지 않았습니다. 나 자신에겐지, 아니면 그녀의 아버지에겐지 알 수 없는 분노가 설핏 고개를 드는 것을 느꼈기 때문입니다.

　"당신을 위한 일이라면 뭐든지 하겠어요. 당신이 견디기 힘들다면 얼마간 만나지 않기로 해요."

그녀가 속삭이듯 말했습니다. 그녀의 풀죽은 모습을 보니 마음이 아팠습니다.

"나도 당신과 한 순간조차 헤어져 있고 싶지 않소. 하지만 더 이상 인내할 자신이 없소. 며칠만 만나지 말도록 합시다. 그러면 이 상황을 좀더 수월히 넘길 수 있을 테니."

그녀는 어쩔 수 없이 나의 제안을 받아들였습니다.

다음날 아침 나는 혼자서 아침밥을 먹었습니다. 아침 식사를 마친 후, 방으로 들어가서 정오가 될 때까지 밖으로 나가지 않았습니다. 점심 식사 후에도 방 안에 틀어박혀 있었습니다.

이런 식으로 사흘을 보냈습니다. 나흘째 되는 날, 견딜 수 없이 무료해지기 시작하더군요. 하지만 꾹 참고 끝까지 밖으로 나가지 않았습니다.

그러나 닷새째가 되자, 무료함을 더 이상 참을 수가 없었습니다. 점심 식사를 마친 후, 정원에 있는 연못가로 나갔습니다. 연못가에 서서 여유롭게 헤엄치고 있는 물고기들을 물끄러미 바라보고 있는데, 누군가가 다가오고 있는 것이 느껴졌습니다.

나는 본능적으로 뒤를 돌아다보았습니다. 그녀였습니다. 그녀는 반가움에 눈물을 글썽이며 내게로 다가왔습니다. 그녀를 보자 내 입가에도 미소가 떠올랐습니다. 그녀는 내가 미소짓는 것을 보고 용기를 얻은 듯했습니다.

"이만큼 헤어져 있었던 걸로 충분하지 않나요?"

그녀가 슬픈 미소를 띠며 말했습니다. 나도 그녀를 그리워하고 있었습니다. 그녀를 만질 수는 없지만 눈으로나마 보고 있는 것이 얼마나 행복한 일인지를 깨달았습니다. 차라리 눈으로 보고 대화를 나누면서 마음속의 뜨거운 열정을 발산시키는 편이 나으리란 생각이 들더군요.

"당신 말이 맞아요. 이걸로 충분해."

나는 이렇게 말했습니다. 결국 우리는 예전의 생활로 다시 돌아갔습니다. 짧은 이별을 겪고 난 뒤라 애틋한 마음은 더욱더 깊었습니다. 첫날은 전처럼 정원을 산책하면서 이야기를 나눴습니다. 오래간만이라 그런지 그날은 자못 견딜 만하더군요.

그런데 둘쨋날이 되자, 상황이 급격히 나빠졌습니다. 그녀의 몸을 만지고 싶은 욕구가 전보다 더 거세게 일었습니다. 나는 나의 행동을 제어하지 못할지도 모른다는 불안감에 시달리기 시작했습니다.

다행히 그녀는 나보다 많이 냉정했습니다. 사랑에 빠진 이가 어쩌면 그럴 수 있을까 싶을 만큼 철저하게 자신을 제어하고 있더군요. 때로는 별의별 생각이 다 들었습니다.

'그녀가 자신의 감정을 착각하고 있었던 게 아닐까? 그렇지 않고서야 어떻게 자신의 감정을 저렇듯 냉정하게 제어할 수 있는 거지? 혹시 나를 사랑하고 있지 않은 건 아닐까? 어쩌면 왕의 말처럼 우리 인간들의 의지가 형편없이 나약한 건지도 몰라. 아니면 요정들이 지나치게 이성적이든지……'

그렇다면 요정들이 인간보다 우위에 있다는 말인가? 이상하게도 그것만은 인정하고 싶지 않았습니다. 오로지 이성만으로 이루어진 창조물보다는 이성과 감정이 적절히 조화돼 있는 인간이 더 우위에 있어야 하는 것 아닌가, 하는 생각이 들어서였지요.

어쩌면 그녀의 사랑은 그저 지나가는 열정일 수도 있겠다는 생각이 들었습니다. 그러자 은근슬쩍 화가 났습니다. 그녀와 그녀의 아버지, 그리고 이 곳에 존재하는 모든 요정들에게 화가 치밀었습니다.

일 주일이 또 그렇게 지나갔습니다. 나는 시간이 흐르면 흐를수록 더욱더 골똘히 나의 생각 속에 파묻히게 되었습니다. 전과 달리 쌀쌀맞게 변한 내가 신경쓰였는지, 그녀는 날 기쁘게 해 주기 위해 노래도 들려주고 재미있는 이야기도 해 주었습니다. 즐거운 놀이도 제안해 주었고요.

하지만 나의 상념은 꼬리에 꼬리를 물고 나 혼자만의 세계로 더욱더 깊이 빠져 들어가게 했습니다.

삼십팔 일째 되는 날이 왔습니다. 그녀는 아침 일찍 나를 찾아왔습니다.

"오늘은 궁전 밖으로 나가요. 멀지 않은 곳에 호수가 있어요. 거기로 소풍 가요."

나는 썩 내키지 않는 표정으로 그녀의 제안을 받아들였습니다. 호숫가로 소풍을 간다고 한들 딱히 뭐 달라질 게 있어야 말이죠. 단지 그녀의 마음을 상하지 않게 하려고 수락을 했을 뿐이었습니다.

우리는 궁전의 요리사가 마련해 준 도시락 바구니를 들고 길을 나섰습니다. 수백 년쯤 돼 보이는 나무들을 지나 숲을 향해 걸어 들어갔습니다. 그렇게 삼십 분쯤 걸어 들어가자, 나무들이 듬성듬성해지면서 갖가지 빛깔의 들꽃으로 뒤덮여 있는 언덕이 나타났습니다.

작은 언덕을 넘자 새파란 호수가 우리의 발밑에 펼쳐져 있었습니다. 막상 그 아름다운 호수를 보자, 그녀의 말을 듣기를 잘 했다는 생각이 들었습니다. 호수를 둘러싸고 있는 갈대밭에서는 왜가리 떼가 재잘거리며 돌아다니고 있었습니다.

잔잔한 수면에 이따금 파문이 일었고, 물고기들이 햇빛을 향해 떠올랐다가 다시 물 속으로 사라지곤 했습니다. 성서에서 말하는 천국이 이처럼 아름다울까요? 그 동안 나를 감싸고 있던 모든 고민과 상념이 말끔히 씻기는 듯했습니다.

이제는 오로지 나와 나의 연인, 그리고 눈앞에 펼쳐져 있는 호수만이 눈에 보였습니다. 나는 그 외의 것은 모두 잊어버렸습니다. 호숫물에 손을 담가 반짝이는 물을 만져 보았습니다. 물의 시원스런 느낌이 손가락 끝에서부터 온몸으로 퍼져 나갔습니다.

내가 예전처럼 유쾌해진 것을 보고 그녀는 몹시 흐뭇해 했습니다. 우리는 오랫동안 호숫가를 거닐며 이야기를 나누고 장난을 쳤습니다. 그러다 호숫가에 서 있는 버드나무 밑에 자리를 잡고 앉았습니다.

호수에서 불어오는 달콤한 산들바람이 살갗을 어루만졌습니다. 그녀는 버드나무 밑동에 등을 기댄 채 희미하게 미소를 지으며 그 순간을 즐기고 있었습니다. 나는 심장이 조금 빠르게 뛰는 것을 느꼈습니다. 입 안도 바싹바싹 말라 가고요.

어느 순간 몸이 급격하게 떨리기 시작했습니다. 그녀는 나의 변화를 전혀 눈치 채지 못한 채 미소를 함빡 짓고 있었습니다. 그녀의 몸을 만지면 어떻게 될까? 딱 한 번만! 그녀의 이마 위로 흘러내린 베일을 살짝 어루만져 준다고 한들 무슨 수로 왕이 알아챌 수 있을까?

우리가 그 금기 사항을 너무 심각하게 받아들이고 있다는 생각이 늘었습니다. 나는 슬그머니 그녀에게로 손을 뻗었습니다. 그리고 그녀의 머리카락을 조심스레 만졌습니다. 손가락 끝으로 부드러운 머릿결이 느껴졌습니다.

그녀는 자신의 머리카락을 만진 것이 바람결이라고 생각했는지 아무런 저항도 하지 않았습니다. 말하자면 그녀의 몸을 만졌는데, 아무 일도 일어나지 않았던 것입니다. 나는 용기가 생겼습니다.

나의 손이 머리카락 끝을 따라 좀더 아래쪽으로 내려갔습니다. 이윽고 내 손이 그녀의 볼에 닿았습니다. 그녀는 그제야 나의 손길을 느꼈던지 깜짝 놀라서 눈을 커다랗게 떴습니다.

"지금 뭐하는 거예요?"

그녀는 소리치며 뒤로 물러앉았습니다. 그녀의 눈은 어느새 깊은 우려로 가득 차 있었습니다.

"아무도 보지 않았소. 아무도 보지 않았단 말이오."

나는 황급히 이렇게 속삭였습니다. 하지만 그녀의 눈에 어린 근심은 사라지지 않았습니다.

"모든 게 끝났어요, 모든 게 끝나 버렸다고요."

"끝난 건 아무것도 없어. 봐, 여전히 당신 곁에 내가 이렇게 있잖아."

이 말을 채 마치기도 전에 어디선가 천지를 진동하는 듯한 목소리가 들려왔습니다.

"그 사람을 데려왔던 곳으로 되돌려 보내거라."

그 말은 세 번이나 똑같이 반복되었습니다.

"그 사람을 데려왔던 곳으로 되돌려 보내거라."

"그 사람을 데려왔던 곳으로 되돌려 보내거라."

그 말이 끝나자마자 조금 전까지 내 눈앞에 있던 모든 것들이 순식간에 사라져 버렸습니다. 그녀도, 푸르디푸른 호수도, 우리가 걸어왔던 숲 속의 오솔길도 모두모두 사라지고 새까만 어둠이 몰려왔습니다.

시간이 얼마쯤 지났을까요? 주위가 다시 밝아졌습니다. 그리고 나는 사원의 첨탑 꼭대기에 홀로 서 있는 나 자신을 발견하였습니다. 정오였습니다. 불사조가 나를 첨탑 꼭대기에서 낚아채 갔던 그날처럼 혼자 그렇게 서 있더군요.

나는 벌떡 일어서서 주위를 휘둘러보며 불사조를 찾았습니다. 하지만 끝없이 펼쳐진 하늘에는 무심하게 떠다니는 새하얀 구름 외에는 아무것도 없었습니다. 나는 절망에 빠진 나머지 바닥에 털썩 주저앉았습니다.

"내가 도대체 무슨 짓을 한 거야?"

나는 가슴을 치며 이 말만 되풀이했습니다. 잠시 후, 계단에서 발자국 소리가 들려왔습니다. 신도들이었습니다.

"아니, 무슨 일이세요, 선생님? 기도문을 읊으려고 올라가셔선 기도문을 읽지도 않고 내려오시지도 않으니 말입니다. 무슨 일이 있으세요? 혹시 몸이라도 불편하신가요?"

그들의 말을 듣고 보니, 내가 요정의 나라에 다녀온 시간이 기도문을 읊는 데 걸리는 시간만큼 아주 짧은 순간이었다는 사실을 깨달았습니다. 완전히 넋이 빠져 있는 나를 본 어느 신도가 이렇게 말했습니다.

"아무래도 일사병에 걸린 것 같아요. 서늘한 곳으로 데려가서 누입시다."

다음날이 되자, 기분이 좀 나아졌습니다. 정오 무렵, 나는 어김없이 집에서 나와 사원을 향해 걸어갔습니다. 사원이 가까워지자 나도 모르게 눈길이 첨탑을 향했습니다. 그런데 어떻게 이런 일이! 불사조가 지난번과 똑같이 그 곳에 앉아 있는 게 아니겠습니까?

나는 첨탑을 향해 황급히 뛰어 올라갔습니다. 첨탑의 계단을 한꺼번에 두세 개씩 건너뛰면서 거의 날다시피하여 꼭대기로 올라갔지요.

하지만 막상 꼭대기에 이르고 나자, 불사조는커녕 그것과 비슷하게 생긴 새 한 마리 눈에 띄지 않았습니다. 결국 나는 절망감에 빠져서 눈물을 흘리며 힘없이 첨탑을 내려왔지요.

그날 이후 나는 매일같이 정오의 기도 시간 무렵, 사원의 첨탑 꼭대기에서 불사조를 보게 됩니다. 혹시라도 그녀가 나를 용서했을지도 모른다는 희망을 품고 계단을 두세 개씩 건너뛰며 꼭대기로 올라가 보지요.

하지만 여태껏 단 한 번도 불사조를 다시 만나지 못했습니다. 결국은 내 가슴을 치며 다시 아래로 내려올 수밖에요.

이야기를 마친 뮤에진은 슬픔을 감추기 위해 고개를 숙였다. 파디샤는 그를 어떻게 위로해야 좋을지 몰라 아무 말 없이 그의 어깨에 손을 얹었다. 한참 뒤, 뮤에진은 고개를 들며 말했다.

"나를 동정하지 마십시오. 나는 이러한 벌을 받아도 마땅하니까요."

파디샤가 말했다. 마치 그의 의견에 동의하지 않는다는 듯한 말투로……

"나는 잘 모르겠소. 인간이 사랑에 빠지면, 상대방의 몸을 만지고 싶은 건 당연한 일이오. 그걸 인내하라고 하는 것이 되레 무리한 요구가 아닌가 싶소. 나비의 수명만큼이나 짧고 얕은 사랑이었다면, 그 기다림의 시간 동안 이미 빛이 바래고 열정이 식었을 테지요. 하지만 당신은 그 시간 동안 진정으로 그녀를 사랑하지 않았소? 당신이 한 일이 전적으로 잘못되었다고는 생각지 않아요."

파디샤의 말에 뮤에진도 총리 대신도 아무 말을 하지 못하고 그저 고개만 끄덕거렸다.

파디샤와 총리 대신은 그날 밤 뮤에진의 집에서 머물렀다. 그리고 다음날 아침 일찍 대장장이가 살고 있는 나라를 향해 걸어갔다. 나흘 밤낮을 쉼없이 걸어간 후, 닷새째 되는 날 밤 그 나라에 도착하였다.

파디샤와 총리 대신은 대장간의 문을 두드렸다. 대장장이는 웃는 얼굴로 그들을 맞아 주었다. 그리고 목욕물을 받아 준 뒤 따뜻한 음식을 대접해 주었다.

"그래, 뮤에진의 사연을 알아내셨습니까?"

대장장이의 물음에 파디샤는 뮤에진에게서 들은 이야기를 그대로 전해 주었다. 대장장이는 오랫동안 아무 말 없이 침통한 표정을 짓고 있다가, 한참 뒤에야 힘겹게 말문을 열었다.

"아, 정말로 가련한 사람이군요! 인간이란 게 원래가 그런 창조물이지요. 아름다움에 도달하기 위해 평생토록 안간힘을 쓰지만, 막상 사랑이 발밑으로 왔을 때는 약간의 인내심도 보이지 않잖아요.

뮤에진의 일은 정말로 안됐습니다. 하지만 그 요정 아가씨도 참 불쌍하네요. 어쨌든 잘못된 사랑을 시작한 거니까요. 요정의 신분으로 인간을 사랑하다니요. 물론 마음이 가는 걸 어찌할 순 없었겠지만……. 사랑의 대상이란 게 원래 마음대로 고를 수 있는 게 아니잖아요."

"그렇지요, 마음은 바람 같은 것입니다. 손으로 잡을 수 없는 것이지요. 이쪽의 의지와 상관 없이 저 가고 싶은 대로 흘러가니 말입니다. 그저 자신에게 닥친 일을 감수하는 수밖에 없지요."

파디샤가 대답했다.

밤이 깊어지자 대장장이는 손님들의 안위를 걱정하여 이렇게 말했다.

"많이 피곤하시지요? 요와 이불을 펴 드릴 테니 일찍 주무십시오. 내 이야기는 내일 아침 식사를 마친 후에 들려 드리도록 하겠습니다."

하지만 파디샤와 총리 대신은 호기심 때문에 잠을 잘 수가 없었다. 그들은 대장장이의 권유를 물리치며 이렇게 말했다.

"우리는 조금도 피곤하지 않습니다. 실례가 되지 않는다면 당신의 사연을 지금 듣고 싶군요."

　대장장이는 손님들의 단호한 태도에 더 이상 거절하기가 어렵다는 생각을 했다. 그는 자신의 이야기를 들려주기 시작했다.

노련한 대장장이는 쇠를 식히지 않는다

대장장이 이야기

나는 어렸을 때부터 이 일을 해 왔습니다. 굳이 자랑할 마음은 없지만, 모두가 다 아는 사실이니 말씀드리도록 하지요. 이 근방에서 나보다 더 노련한 대장장이는 없답니다.

투박한 쇳덩이를 마치 수를 놓듯 섬세하게 다루어서 튤립이나 히아신스 같은 꽃들을 만들지요. 그것들은 대개 창문이나 문을 장식하는 데 쓰입니다. 내가 만들어 놓은 것들을 본 사람들은 하나같이 입을 다물지 못합니다.

딱히 나쁜 의도를 가진 사람이 아니라면 대부분은 "아주 훌륭하군. 대단한 기술이야!"라며 감탄을 하지 않고는 배기지 못하지요.

물론 내가 이렇게 되기까지는 쉽지 않은 노력이 있었습니다. 어린 시절과 청년 시절을 온통 이 뜨거운 화덕 앞에서 보냈으니까요. 아침 기도 시간에 가게 문을 열고는 자정까지 쉬지 않고 작업했습니다. 그 동안 내가 녹이고 구부린 쇠들을 다 연결하면 이 나라를 빙 두르고도 남을 정도지요.

아무튼 나는 이 분야에서 성공을 했습니다. 그리고 금세 유명세를 타기 시작했지요. 하지만 이제 와서 그게 다 무슨 소용이겠습니까? 내게 그런 일이 일어나고 말았는데…….

지금 와서 깨달은 것이지만, 인생이란 먼 길에서 보면 한때의 유명세는 그리 큰 도움이 되지 않습니다. 인간에게 진정으로 행복감을 맛보게 하는 것은 장인적인 역량이나 유명세 따위가 아니란 말이지요. 내 이야기를 들으시면 손님들도 공감을 하실 겁니다.

지금으로부터 육 개월 전의 일입니다. 나는 점심 식사 준비에 쓸 닭을 사러 시장에 나갔습니다. 아시겠지만 우리같이 몸으로 일하는 사람들은 무엇보다 한 끼의 식사가 아주 중요한 의미를 지닙니다.

나는 식욕도 꽤 좋은 편이어서, 매 끼마다 기름진 음식들을 골라먹는 편이었습니다. 내 아내도 음식 하나는 끝내주게 잘 하는 편이었고요. 특히 닭 요리에 일가견이 있었습니다. 아내가 만들어 준 닭 요리를 먹을 때면, 먹고 난 뒤에도 아쉬움이 남아서 손가락을 쪽쪽 빨 정도였지요.

그날 나는 아내가 만든 닭 요리가 먹고 싶었답니다. 시장으로 가서 살이 통통하게 오른 놈으로 한 마리 사다가 아내에게 갖다 주었지요.

"맛있게 요리해 주오."

그리고는 대장간으로 가서 일을 계속했습니다. 정오 무렵이었을 겁니다. 일에 한창 열중하고 있을 때, 막내아들이 닭 요리를 들고 대장간으로 왔습니다.

아들이 대장간 안으로 발을 들여놓기도 전에 맛있는 음식 냄새가 훅 끼쳐 왔지요. 하지만 하던 일을 멈출 수는 없었습니다. 훌륭한 대장장이는 손에 들고 있는 쇳덩이를 식히면 안 된다는 것이 철칙이 있거든요.

나는 손에 들고 있던 쇳덩이에 구체적인 모양을 부여할 때까지 일을 할 생각이었습니다. 닭 요리는 뭐, 잠시 후에 먹어도 되니까요. 아들에게 닭 요리를 탁자 위에 올려놓고 가라고 했습니다. 아들은 그렇게 한 뒤, 곧장 집으로 돌아갔습니다.

나는 작업을 계속했습니다. 그러다 어느 순간 창문턱에 앉아 있는 검은 고양이 한 마리를 발견했습니다. 고양이를 보자마자 이런 생각이 들더군요.

'아이고, 저놈이 내 닭 요리를 다 먹어 버리겠는걸.'

나는 조급증이 일어서 쇠 두드리는 일을 그만두고 고양이의 행동을 주시하기 시작했습니다. 윤기 흐르는 검은 털에 초록색 눈을 가진 그 고양이는 교활한 눈초리로 연신 주위를 살피고 있었습니다. 그러다가 건방지게도 나를 바라보며 '야옹!' 하고 울음소리를 내더군요.

사실 나는 그 때 그 고양이에게 굳이 신경쓰고 싶은 생각이 눈곱만치도 없었습니다. 배가 아주 많이 고팠거든요.

"저리 가, 꺼져!"

나는 고양이를 쫓아내기 위해 손을 휘저었습니다. 하지만 그 고양이는 나의 위협에도 아랑곳하지 않았습니다. 오히려 보란 듯이 창턱에서 내려와, 자신감 있는 걸음걸이로 대장간의 흙바닥을 어슬렁거리기까지 하더군요.

고양이의 목표는 단 한 가지였습니다. 나의 점심밥이었지요. 닭 요리 말입니다. 나는 목소리를 높여서 더 위협적인 태도로 소리를 질렀습니다.

"저리 꺼지지 못해!"

그제서야 잠시 움찔하는 기색을 보였습니다. 머리를 들고 걸음을 멈추더라고요. 고양이는 내가 무슨 일을 할 것인지를 알아내기라도 하려는 듯, 커다란 초록색 눈으로 내 얼굴을 한참 동안 뚫어져라 쳐다보았습니다.

솔직히 말씀드리면 그 고양이의 대담함에 속으로 자못 놀라고 있었습니다. 무엇보다 초록색 눈동자에서 뿜어져 나오는 빛이 내 가슴에 초조함 같은 것을 불러일으켰다고나 할까요.

고양이와 나는 한동안 원수처럼 서로를 쏘아보았습니다. 내가 더 이상 위협적인 행동을 하지 않자, 고양이는 좀더 조심스런 걸음걸이로 내 점심밥을 향해 걸어갔습니다. 그 와중에도 단호한 태도만은 잃지 않은 채로 말이지요.

하지만 그건 어디까지나 고양이의 착각에 불과했습니다. 나는 내 점심밥을 고양이에게 빼앗길 생각이 전혀 없었으니까요. 그래서 재빨리 고양이를 덮쳤지요. 고양이는 날랜 몸짓으로 재빨리 한 걸음 뒤로 물러났습니다. 그리고는 몸을 날려 다시 창턱에 걸터앉았습니다.

나는 괜스레 기분이 우쭐해졌답니다.

"어때, 겁먹었지?"

나는 고양이를 향해 주먹을 흔들며 이렇게 말했습니다. 고양이는 창턱에 앉아 혐오감 가득한 시선으로 나를 바라보았습니다.

"뭘 봐, 이 저주스런 고양이야!"

나는 화가 나서 다시 고양이를 공격했습니다. 고양이는 두려웠던지 골목 쪽으로 몸을 날려 버리더군요. 이제 고양이의 모습은 보이지 않았습니다. 이쯤에서 고양이가 도망가 준 건 다행스러웠지만, 내 일을 방해했다는 죄목은 피할 수 없었습니다. 그 사이 쇳덩이가 싸늘하게 식어 버렸거든요. 바로 그 고양이 때문에 말입니다.

나는 가까스로 화를 억누르며 일단 점심부터 먹기로 했습니다. 그래서 손을 씻고 탁자 위에 놓인 음식 앞에 자리를 잡고 앉았습니다. 보자기를 풀자 아직 식지 않은 닭 요리가 모습을 드러냈습니다.

식욕이 숫구치더군요. 나는 닭의 왼쪽 다리를 뜯어서 입 안에 넣었습니다. 그런데 아까 그 고양이가 다시 창가에 나타났습니다. 그놈이 글쎄, 침을 삼키면서 내 손에 들려 있는 닭다리를 뚫어져라 쳐다보고 있는 것 아니겠습니까?

나는 아랑곳하지 않고 닭다리를 베어 물었습니다. 고양이는 나의 손놀림을 하나하나 주시하더군요. 차츰 고양이의 눈길이 불편하게 느껴지기 시작했습니다. 은근슬쩍 화도 치밀었고요.

나는 닭다리를 탁자 위에 내려놓고 벌떡 일어섰습니다. 그리고는 고양이를 향해 걸어갔습니다. 고양이는 두려움을 느꼈는지 다시 바깥으로 달아나 버렸습니다.

'휴, 이제야 저놈에게서 벗어났군.'

나는 다시 탁자 앞으로 가서 앉았습니다. 닭다리를 한 입에 절반이나 베어 물었습니다. 정말 맛있었습니다. 흡족함을 느끼며 이제 막 음식을 씹어서 목 너머로 삼키려는 순간, 그 빌어먹은 고양이가 또다시 나타났지 뭡니까!

이번에는 창턱이 아니라 대장간의 입구 쪽에 앉아서 나를 바라보고 있었습니다.

'신경쓰지 말아야지. 쳐다볼 테면 쳐다보라고 해.'

나는 애써 고양이를 외면하며 입 안에 든 음식을 우걱우걱 씹었습니다. 그러고 나서 닭다리의 나머지 반을 마저 뜯으려고 하던 참이었습니다. 고양이가 바로 내 앞으로 와서 서 있는 것이 보였습니다. 예의 그 초록색 눈동자로 내 눈에 구멍이라도 낼 듯이 똑바로 쳐다보고 있더군요. 마치 내게 애원이라도 하는 듯한 눈빛으로 말입니다. 그렇거나 말거나 나는 이제 기분이 완전히 상해 버렸습니다.

"안 줄 거야. 네게 작은 고기 한 점도 주지 않을 테다."

나는 이렇게 소리치며 고양이에게 달려들었습니다. 고양이는 날쌔게 대장간 안으로 도망쳤습니다. 나는 벌떡 일어나서 고양이의 뒤를 쫓았지만, 대장간 안의 잡동사니들 사이로 숨어 버려서 찾을 수가 없었습니다.

고양이가 보이지 않자 나는 다시 음식을 먹기 위해 자리로 돌아갔습니다. 탁자 앞에 앉아 음식을 입에 넣으려는 찰나, 고양이가 다시 내 앞에 나타났습니다. 나는 신경이 바짝 곤두섰습니다.

'이 저주받을 놈이 도대체 어디서 또 나타난 거야?'

나는 속으로 이렇게 중얼거리면서 애써 마음을 가다듬었습니다. 그리고는 고양이를 쳐다보지 않고 음식을 먹기로 작정했습니다. 고기 몇 점을 허겁지겁 먹고 난 뒤, 고개를 들어 보니 고양이가 탁자 앞으로 아주 바싹 다가와 있었습니다.

앞발을 치켜든 품이 금세라도 탁자 위에 있는 닭고기를 낚아챌 듯한 기세였습니다. 정말이지 기가 막히더군요. 이렇게 뻔뻔한 놈이 또 있을까요? 나는 피가 거꾸로 솟는 듯했습니다. 너무도 화가 나서 고양이의 배를 발로 걷어차 버릴까, 하다가 가까스로 분노를 억눌렀습니다. 내가 걷어찬다고 해서 적중할 거라는 보장도 없었고요.

차라리 꾀를 써서 이 고양이로부터 벗어나는 편이 낫겠다는 생각이 들었습니다. 나는 닭 날개 하나를 뜯어서 고양이에게로 던졌습니다. 고양이는 닭 날개를 공중에서 낚아챘습니다. 그리고는 게걸스럽게 먹기 시작했습니다. 그러면서도 틈틈이 내 쪽을 흘끗거리더군요.

혹시라도 있을지 모르는 나의 급습을 미리 대비하는 것이겠지요. 나는 고양이에게 관심이 없는 척하면서 음식을 계속 먹었습니다. 고양이의 경계 태세는 점차 약해졌습니다. 내가 던진 고기를 다 먹은 후에야 다시 굶주린 시선으로 나를 쳐다보더군요.

나는 닭고기 한 점을 더 던져 주었습니다. 그것도 공중에서 잽싸게 낚아채더니, 눈 깜짝할 사이에 먹어치웠습니다. 그러고 나서는 배가 자못 부른 것인지, 아니면 자신이 안전하다고 판단한 것인지 더 이상 내 쪽을 힐끔거리지 않았습니다.

나의 계획은 척척 맞아떨어지는 듯했습니다. 나는 천천히 자리에서 일어났습니다. 고양이는 두 발짝 정도 뒤로 물러났지만 도망치지는 않았습니다. 나는 닭 가슴살을 한 점 뜯어 손에 든 채, "이리 온, 이리 온." 하면서 고양이를 내 곁으로 유인했습니다.

고양이는 꼬리를 공중으로 쳐든 채 내게로 다가왔습니다. 나는 몇 미터 전방에 있는 모루 쪽으로 걸어갔습니다. 그 때까지도 고양이는 나의 계획을 전혀 눈치 채지 못한 채 제 입에 물려 있는 고기에만 신경을 쓰는 듯했습니다.

고양이는 천천히 나를 따라왔습니다. 나는 모루 쪽으로 가까이 다가간 뒤, 닭 가슴살을 재빨리 내 발 앞에 떨어뜨렸습니다. 고양이는 잽싸게 고기로 달려들었습니다. 나는 그 순간을 놓치지 않았습니다. 고양이가 고기를 막 잡으려고 하는 찰나, 모루를 집어 들어 고양이의 머리를 힘껏 내리쳐 버렸지요.

순간 대장간 안은 고양이의 비명 소리로 가득 찼습니다. 모루 밑에 깔린 고양이의 털 사이에서 검붉은 피가 흘러나왔습니다. 나는 역겨움을 느끼며 고양이의 몸에서 모루를 들어내었습니다. 그러자 고양이의 짓이겨진 머리가 드러났습니다.

그런데 초록색 눈동자가 나를 뚫어지게 바라보고 있지 않겠습니까? 살아 있을 때처럼 반짝반짝 빛을 내면서요. 순간 온몸에 소름이 쭉 끼쳤습니다.

잠시 후 고양이의 몸이 꿈틀거리는 것이 보였습니다. 말하자면 고양이는 아직 살아 있었던 것이지요. 고양이는 발로 바닥을 긁으며 앞으로 기어가기 시작했습니다. 처음에는 그 힘이 약해 보였지만 시간이 지날수록 강해지는 듯했습니다.

고양이가 지나간 자리에는 가느다란 핏자국이 남았습니다. 고양이의 가련한 몸부림을 보자 가슴이 아파 왔습니다. 그리고 곧 후회가 되었지요. 고양이를 도와 주어야겠다는 생각이 들었지만, 무얼 어떻게 해야 할지 알 수가 없었습니다.

아니, 그 고양이의 몸에 손을 댈 엄두가 나지 않았다고 하는 편이 옳겠네요. 고양이는 힘이 들었는지 잠시 움직임을 멈쳤습니다. 하지만 머리를 들고 내 쪽을 바라보려고 애를 쓰더군요. 목구멍에서는 그르렁거리는 소리가 났습니다.

'저러다 죽겠구나.'

하는 생각이 들었습니다. 속으로는 차라리 고양이가 죽어 버리기를 바랐습니다. 그렇게 되면 최소한 지금과 같은 고통은 느끼지 않을 테니까요. 그런데 놀라운 일이 벌어졌습니다. 조금 전까지 고양이의 목에서 나던 그르렁거리는 소리가 단어로 바뀌고 있었습니다.

사실입니다. 절대로 내가 지어낸 말이 아닙니다. 고양이가 말을 하기 시작한 것입니다. 사람처럼요. 고양이가 어떻게 말을 했냐고요? 물론 발음이 분명하지는 않았습니다.

"왜 이런 짓을 하셨어요?"

나는 꿈을 꾸고 있는 것이 틀림없다고 생각했습니다. 꿈이 아니고서야 어떻게 이런 일이 일어날 수 있겠습니까? 신경을 곤두세우고 있다 보면 대낮에도 악몽을 꿀 수 있는 법이니까요. 정말이지 그런 것일 거라고 생각했습니다. 그런데 고양이의 목소리가 조금씩 명료해지기 시작했습니다.

"왜 이런 짓을 하셨어요?"

나는 너무나 놀라서 아무 말도 하지 못한 채 그저 망연히 서 있을 수밖에 없었습니다. 고양이는 앞으로 기어가면서 계속해서 말했습니다.

"왜 이런 짓을 하셨어요?"

나는 동상처럼 굳어 버리고 말았습니다. 그 때 고양이의 머리가 벽에 닿았습니다. 순간 그야말로 내가 제정신을 잃게 되는 일이 벌어지고 말았습니다. 고양이의 모습이 바뀌기 시작한 것입니다.

새까만 털이 검은 머리카락으로 바뀌었습니다. 그러더니 머리카락이 허리까지 내려오는 어여쁜 처녀로 둔갑을 하지 뭡니까? 머리에 났던 상처는 말끔히 사라지고 없었습니다. 핏자국도 없었고요.

나는 너무도 놀라서 입이 쩍 벌어졌습니다. 처녀는 커다란 초록색 눈으로 조금 전의 그 고양이처럼 나를 뚫어지게 쳐다보았습니다.

"왜 이런 짓을 하셨어요?"

그 목소리는 왠지 나를 불쌍히 여기는 듯했습니다. 조금 전에 내가 실수를 저질러, 고양이의 머리가 아니라 내 머리를 모루로 내려치기라도 한 것처럼요. 나는 죄책감으로 고통받으며 그녀에게 애원했습니다.

"몰랐소, 정말 몰랐소. 그 고양이가 사람이라는 것을 내가 무슨 수로 알았겠소?"

"하지만 고양이에게도 생명이 있다는 사실은 알고 있었잖아요? 인간이나 동물이나 생명이 소중하긴 마찬가지잖아요? 당신은 당신이 좋아하는 음식을 빼앗길까 봐 한 생명을 처참하게 죽였어요. 그게 사람이 아니라 고양이라 해서 무엇이 달라지나요?"

그녀는 나를 비난하는 투로 말했습니다.

"미안하오. 진심으로 후회하고 있소."

"후회하기에는 이미 늦어 버렸어요."

처녀는 벽 쪽으로 몸을 돌리더니 손으로 벽면을 어루만졌습니다. 지금 당신들이 보고 있는 저 지저분한 벽면을 말입니다.

그 때 갑자기 벽에 문이 나타났습니다. 그 처녀가 두 손으로 문을 밀었습니다. 그러자 대장간 안으로 빛이 가득 쏟아져 내리더군요. 문 뒤에는 짙푸른 초원이 펼쳐져 있었습니다. 그녀는 문을 통해 그 안으로 들어갔습니다. 문이 닫히려는 순간, 내가 소리쳤습니다.

"잠깐만, 제발 나를 용서해 주시오. 그리고 나도 데려가 주시오!"

그녀는 동정심이 가득한 눈길로 내 얼굴을 잠시 바라보았습니다.

"미안해요. 서로 나눌 줄 모르는 사람은 이 문을 통과할 수 없어요. 먼저 나누는 법을 배우세요. 그리고 자비심도요."

"잠깐만!"

하고 내가 소리쳐 불렀지만 그녀는 내 말을 듣지 않고 문 뒤로 사라져 버렸습니다. 그러자 이내 문이 닫혀 버렸습니다. 그러자 그 곳은 다시 예전의 벽으로 돌아갔습니다.

나는 벽으로 다가가 보았습니다. 손으로 벽면을 더듬거렸습니다. 하지만 헛수고였습니다. 거기에는 그 어떤 통로도 문도 없었습니다. 나는 온몸의 기운이 다 빠져서 바닥에 털썩 주저앉았습니다.

그리고는 저녁때까지 아무 일도 하지 못한 채 후회로 몸부림을 쳤습니다. 거리에 어둠이 내리자 대장간의 문을 닫고 집으로 돌아갔습니다. 아내에게 낮에 있었던 일을 들려주었습니다. 아내는 내 말을 믿지 않더군요.

"너무 피곤해서 악몽을 꾸셨나 보군요."

이렇게 말할 뿐이었습니다. 아내의 말대로라면 얼마나 좋겠니까? 그날 오후에 내게 일어났던 일이 정말로 악몽에 불과하다면…….

다음날 아침, 나는 평상시처럼 대장간으로 나가서 문을 열었습니다. 그리고는 가죽 앞치마를 두른 채 화덕에다 불을 지폈지요. 불이 알맞게 타오르자 쇳덩이를 화덕 안에 집어 넣었습니다.

쇳덩이가 석류처럼 발갛게 달구어질 때까지 한참을 기다렸습니다. 쇳덩이가 발갛게 달아오르자, 그것을 화덕에서 꺼내어 모루 위로 올려놓았습니다. 바야흐로 오른손에 망치를 들고 쇳덩이를 내려치려는 순간이었습니다.

갑자기 어제의 그 벽 위에 문이 나타났습니다. 문이 천천히 열리는 것이 보이더군요. 나는 손에 망치와 쇳덩이를 든 채 그 자리에 얼어붙고 말았습니다. 검은 머리카락의 그 처녀, 초록색 눈동자를 가진 그 어여쁜 처녀가 초원에서 나를 부르고 있었습니다.

나는 망치와 쇳덩이를 내던지고 재빨리 벽을 향해 뛰었습니다. 하지만 내가 다가가자 문이 갑자기 닫혀 버렸습니다. 나는 뒤로 몇 발자국 물러난 뒤, 그 벽을 향해 다시 한 번 전속력으로 달려가 보았습니다.

덕분에 머리를 벽에 부딪힌 채 바닥으로 나뒹굴고 말았지요. 정신을 차렸을 때에는 이미 밤이 된 후였습니다. 그날 이후로 나는 작업을 할 수 없게 되었답니다.

매일 아침 대장간으로 와서 화덕에다 불을 지피고 쇳덩이를 불 속에 넣고 달굽니다. 쇳덩이가 달구어진 후, 망치를 손에 들고 내려치려는 순간 맞은편 벽에서 문을 발견합니다. 그러고 나면 문 너머에 펼쳐진 초원에서 초록색 눈동자를 가진 그 어여쁜 처녀가 나를 향해 손짓을 하지요.

'어쩌면 이번에는 저 문을 통과할 수 있을지도 몰라.'

나는 이렇게 매번 헛된 희망을 품으며 벽을 향해 내닫습니다. 그러나 그 문은 언제나 내 코앞에서 닫혀 버리고 맙니다. 나는 결국 피투성이가 된 채 바닥에 쓰러지고요.

하지만 나는 아직도 희망을 버리지 않고 있습니다. 언젠가는 저 문 안으로 들어가고 말 겁니다.

대장장이의 이야기가 끝났지만, 파디샤와 총리 대신은 한참 동안 아무 말 없이 앉아 있었다. 뮤에진의 경우처럼 이 대장장이를 위해 자신들이 할 수 있는 일이 아무것도 없다는 사실을 알고 있었기 때문이다. 이 문제를 하루 빨리 지혜롭게 해결하기를 바란다는 말을 남긴 채 그들은 잠자리에 들었다.

다음날 아침, 대장장이는 파디샤와 총리 대신에게 아침 식사를 융숭히 대접했다. 그들은 아침밥을 배불리 먹은 후, 대장장이에게 작별을 고하고 이내 길을 떠났다. 그들은 앞으로 꼬박 사흘을 걸어가야 했기 때문이었다.

파디샤와 총리 대신은 지난번과 마찬가지로 사흘 밤낮을 걸어갔다. 그리하여 나흘째 되던 날 밤, 보석 상인이 사는 나라에 도착하였다.

보석 상인의 집 앞에 이르러 대문을 두드렸다. 보석 상인은 그들을 보자 반가이 맞아 주었다. 차려 온 음식과 술을 배불리 먹고 마셨다. 손님 접대가 끝나자 보석 상인이 조심스럽게 물었다.

"그래, 대장장이의 사연은 알아내셨습니까?"

그들은 자신들이 들은 사연을 그대로 전해 주었다. 보석 상인은 관심을 가지고 그 이야기를 들었다.

"나누지 못한 것에 대한 벌이 아주 크군요."

보석 상인이 이렇게 말하자, 총리 대신이 덧붙였다.

"그가 보여 준 잔인함도 잊지 말아야 할 대목입니다."

파디샤가 물었다.

"당신 이야기는 설마 나누지 못해서 벌을 받는다든가 그런 건 아니겠죠?"

"실은 내 이야기도 그것과 크게 상관이 없다고 할 수는 없습니다. 대장장이의 이야기와 사뭇 다르긴 하지만요."

"그렇다면 이쯤에서 우리의 궁금증을 풀어 주시지요."

총리 대신이 말했다.

"그래야지요. 약속은 약속이니까요."

보석 상인은 이렇게 말한 뒤, 자신의 이야기를 시작했다.

황금 가루를 뿌리는 남자

보석 상인 이야기

우리 집은 대대로 보석상을 해 왔습니다. 아버지는 물론이고, 증조할아버지 때부터 이 일을 해 왔지요. 그래서 언제부터인가 우리 집은 보석상 가문으로 불리기 시작했답니다.

아버지는 내가 집안 대대로 내려온 이 일을 이어받기를 바라셨습니다. 하지만 안타깝게도 아버지의 이 바람은 돌아가신 뒤에야 실현되었지요.

젊었을 때 나는 그리 좋은 아들이 아니었답니다. 외아들이어서 그랬는지 부모님들이 몹시 애지중지하며 키우셨습니다. 무엇이든 원하기만 하면 손에 넣을 수 있었기 때문에 세상에서 딱히 부러운 게 없었지요.

무언가를 얻기 위해서 힘들게 노력했던 기억이 단 한 번도 없습니다. 그만큼 나의 어린 시절은 아주 풍족했습니다. 하지만 시간은 참 빨리도 흘러가더군요. 아버지의 머리에 흰머리가 나기 시작했습니다. 어느새 나는 청년으로 자라 있었고요.

어느 날 아버지께서 나를 부르시더군요.

"얘야, 난 이제 늙어 가고 있단다. 보석상을 네가 맡아야겠구나. 여기저기 하는 일 없이 돌아다니면서 시간을 허비하지 말고, 내일부터라도 가게에 나와서 경영을 배워 보려무나. 이 일을 꼼꼼히 배워 두거라. 내가 죽고 나면 네가 맡아서 해야 하니까."

"아버지, 그게 무슨 말씀이세요? 아직 젊으신데요, 뭘."

아버지는 씁쓸하게 미소를 지으며 내 얼굴을 한참 동안 바라보셨습니다.

"피할 수 없는 일이란 게 있는 법이다. 죽음은 어느 날 갑자기 소리 소문 없이 찾아오거든. 적어도 나는 눈을 뜬 채로 죽고 싶진 않구나. 그러니 이제부터라도 이 일을 배워서 내 마음을 편하게 해 주렴."

아버지는 마치 내일 당장이라도 돌아가실 것처럼 말씀하셨습니다. 그것이 내게는 퍽 답답하게 와 닿았습니다. 아버지는 언제나처럼 건강해 보였거든요. 아픈 기색이라곤 전혀 찾아볼 수 없이…….

어쩌면 나를 가게에 나오게 하려고 일부러 비관적으로 말씀하시는 것일지도 모른다는 생각이 들었습니다. 그 때만 해도 나는 가게에 매여 살 생각이 전혀 없었거든요.

다음날 아침, 아버지는 가게로 나가시면서 어머니에게 이렇게 말씀하셨던 모양입니다.

"저 아이가 일어나면 곧장 가게로 보내시오."

내가 아침 식사를 마치자마자, 어머니가 말씀하셨어요.

"아버지가 가게로 나오라고 하시는구나."

그 말을 듣는 순간, 기분이 몹시 나빠졌습니다. 그날 친구들과 강가에 낚시하러 가기로 미리 약속이 돼 있었기도 했고요. 나는 잠시 망설였습니다. 아버지의 얼굴이 떠올라서요. 물론 아버지를 속상하게 하고 싶지는 않았습니다. 그렇다고 친구들과의 약속을 어기고 가게에 나가고 싶었던 것도 아니었습니다.

집을 나설 때까지도 나는 마음의 결정을 내리지 못하고 있었습니다. 이런저런 생각에 발을 질질 끌며 걸음을 옮겼습니다. 가게로 가려면 친구들의 집 앞을 지나야 했습니다.

친구네 집 앞에 이르자 '그냥 가게로 갈까?' 하는 생각이 들더군요. 그러면서도 한편으론 '에라 모르겠다.' 하는 생각이 들기도 했고요. 그래서 잠시 갈등을 벌이다 결국은 친구네 집으로 향했습니다.

그날 친구들과 함께 정말로 재미있는 시간을 보냈습니다. 강가에서 낚시도 하고 수영도 하고 토끼를 쫓기도 했습니다. 토끼는 상처를 입고도 우리보다 훨씬 더 빨리 달리는 바람에 잡지를 못했지만요.

저녁 무렵, 집으로 돌아왔을 때 아버지는 벌써 퇴근해 와 계셨습니다. 몹시 언짢은 표정이더군요. 저녁 식사를 하려고 밥상 앞에 자리를 잡고 앉자 아버지가 말씀하셨습니다.

"가게에는 왜 오지 않았느냐?"

"친구들과 선약이 있었어요, 아버지."

"그 약속을 어기면 하늘이 무너지기라도 한다더냐?"

"친구들에게 창피하잖아요. 그리고 아버지께서 약속을 했으면 꼭 지켜야 한다고 그러셨기도 하고요."

나는 이렇게 핑계를 댔습니다. 아버지는 식사를 하는 내내 못마땅한 표정이었지만, 더 이상 그 일을 추궁하시지는 않았습니다.

다음날 아침, 내가 잠자리에서 일어나자마자 어머니가 말씀하셨습니다.

"오늘은 꼭 가게에 가 봐야겠구나. 조수도 나오지 않는다 그러고……. 아버지께서 오늘은 반드시 나와야 한다고 말씀하셨다."

이젠 다른 방도가 없었습니다. 무슨 일이 있어도 오늘은 가게에 가야만 할 것 같았습니다. 그래서 부지런히 아침밥을 먹고 있을 때였습니다. 누군가가 대문을 세차게 두드렸습니다. 대문을 열어 보니, 친구 중 한 명이었습니다.

"저 앞 찻집에서 닭싸움이 있을 거래. 같이 가서 구경하자. 어떤 닭이 이길지 내기도 하고……."

나는 가게에 가야 한다고 말했습니다.

"조금만 구경하다가 가면 되잖아?"

그 친구가 졸랐습니다. 게다가 자신은 돈이 없어서 내기에 참여할 수가 없다고 하더군요.

"너한테는 돈 있지? 내기에 만 원을 걸면 오만 원을 벌 수 있대."

나는 도박을 좋아하지 않았습니다. 하지만 돈을 딸 때의 그 기막힌 흥분을 친구와 함께 나누는 것은 즐거울 듯했습니다. 가게에 조금 늦게 나간다고 해서 크게 달라질 것도 없었고요.

나는 우리의 대화를 어머니가 듣지 않기를 바라는 마음에서 짐짓 목소리를 낮췄습니다.

"알았어, 저기 길모퉁이에서 기다려. 곧 갈게."

나는 아침밥을 서둘러 먹은 뒤 집에서 나왔습니다. 어머니는 나를 전혀 의심하지 않았지요. 가게에 가는 것이라고 생각했기 때문에 흐뭇한 눈길로 한참 동안 바라보셨습니다.

길모퉁이로 나가자 여섯 명의 친구가 나를 기다리고 있었습니다. 나는 친구들과 함께 닭싸움을 구경하기 위해 찻집으로 향했습니다. 찻집은 닭싸움을 구경하러 온 사람들로 몹시 북적거렸습니다.

우리는 닭싸움이 잘 보이는 곳에 자리를 잡기 위해 고함을 질러 대는 군중들의 사이를 뚫고 죽을 힘을 다해 가운데로 파고들었습니다. 그리고 곧 그 군중들의 흥분에 합류를 했지요.

우리는 잔뜩 흥분하여 소리치기 시작했습니다. 특히 내기에 돈을 건 다음부터는 닭싸움에 완전히 몰입해 있었지요. 가게에 가야 한다는 생각은 까맣게 잊어버리고 있었습니다. 오후가 다 돼서야 그 생각이 나더군요.

내가 가게에 가 봐야겠다고 말하자, 친구들 중 한 명이 말렸습니다.

"야, 오늘은 그냥 가지 마."

나도 친구들과 함께 있고 싶었습니다. 그래서 못 이기는 척하고 친구들 곁에서 닭싸움을 만끽하며 시간을 보냈습니다.

해가 저물어 집으로 돌아왔을 때, 아버지가 대문을 열어 주셨습니다. 아버지는 잔뜩 화가 난 표정이었습니다. 결국은 버럭 소리를 지르시더군요.

"지금까지 어디에 있었느냐? 대체 무슨 생각을 하고 다니는 게냐? 너 때문에 오늘은 오전밖에 장사를 하지 못했다."

아버지가 이렇게 화를 내는 모습은 처음이었습니다.

"죄송해……."

내가 용서를 구하려고 하는 순간, 아버지가 다시 역정을 내며 내 말꼬리를 잘랐습니다.

"죄송이고 뭐고 다 필요 없다! 내일 아침 일찍 나와 함께 가게에 나가자꾸나."

나는 아버지의 지나친 역정에 자존심이 상해서 풀이 죽었습니다. 밥상 앞에 앉았지만 밥이 목구멍으로 넘어가지 않았습니다. 아버지에게 자꾸만 화가 났습니다. 기껏 이틀 정도 가게에 나가지 않았다는 이유로 자식한테 어쩌면 그렇듯 심하게 화를 낼 수 있단 말입니까? 한 번만 더 그랬다간 몽둥이로 후려갈길 기세였다니까요.

다음날 아침, 결국 나는 아버지한테 손을 이끌린 채 집을 나섰습니다. 친구들의 집 앞을 지나칠 때마다 슬픔이 북받쳐 왔습니다. 나는 부러움 가득한 눈길로 친구네 방 창문을 바라다보았습니다. 지금쯤 그들은 한창 잠을 자고 있을 테니까요.

아버지의 보석상은 우리 집에서 얼마 떨어져 있지 않은 상가에 있었습니다. 서로 마주보고 있는 보석상들이 셔터를 올리며 새로운 하루를 시작하고 있었습니다. 아버지와 나는 그들의 가게 앞을 지나 우리 가게에 도착했습니다.

가게에 이렇게 이른 시각에 와 본 것은 처음이었습니다. 아버지는 주머니에서 두 개의 열쇠를 꺼내더니 치례로 자물쇠를 땄습니다. 그리고 먼지가 잔뜩 내려앉은 셔터를 들어올린 뒤 가게 안으로 들어갔습니다.

가게 안에 발을 들여놓자, 역한 냄새가 코를 찔렀습니다. 금에 광택을 낼 때 사용하는 약품에서 나는 것이었습니다. 그 냄새가 싫어서 얼굴을 찡그리자 아버지가 말씀하셨습니다.

"일 주일도 안 가 익숙해질 거다. 우리 집 정원에서 자라는 박하의 향내처럼 상큼하게 느껴질 날이 곧 올 테니 걱정할 것 없다."

아버지의 말이 믿기지 않았습니다. 아버지는 내게 빗자루를 가리키며 말했습니다.

"가게 안을 청소해야겠구나."

내가 빗자루를 집으러 가자, 또 이렇게 말씀하셨습니다.

"바닥에 물을 먼저 뿌리렴. 먼지가 일지 않게……."

나는 빗자루를 내려놓고 가게 뒤쪽에 있는 작업실로 향했습니다. 작업실에서 주전자 하나를 발견했습니다. 주전자에 물을 가득 담은 뒤 아버지 곁으로 갔습니다.

그리고는 가게 바닥에 물을 뿌리기 시작했지요. 그런데 물을 너무 많이 뿌렸는지 울퉁불퉁한 바닥 곳곳에 작은 물웅덩이가 생겨나기 시작했습니다. 문득 고개를 들어 보니, 아버지가 몹시 못마땅한 표정으로 나를 바라보고 계셨습니다.

그 때 조수가 가게 안으로 들어왔습니다. 아버지는 어젯밤의 화가 아직 풀리지 않은 듯했습니다.

"이봐, 자네가 빗자루로 바닥을 쓰는 게 좋겠네."

조수는 아버지의 말씀이 끝나자마자, 슬쩍 비웃는 듯한 표정을 지으며 내 손에 있던 빗자루를 앗아 갔습니다. 순간 수치심이 몰아쳐 왔습니다. 화가 나기도 했고요.

당장 가게에서 나가 버리고 싶었지만 꾹 참았습니다. 청소가 끝나자 일상적인 일이 시작되었습니다. 아버지는 금팔찌 열두 개를 건네주면서 솔로 광택을 내라고 했습니다.

나는 솔을 들고 아버지가 지시한 작업을 하기 시작했습니다. 하지만 그 일은 생각만큼 간단하지가 않았습니다. 팔찌를 닦을 때 솔이 자꾸 손가락 위로 미끄러져서 손톱 주위의 살갗이 벗겨졌습니다. 열 번째 팔찌에다 광택을 내고 있을 때는 급기야 왼쪽 검지손가락에서 피가 나기 시작했습니다.

나보다 다섯 살이나 아래인 조수도 같은 일을 하고 있었는데, 그의 손가락에는 이미 굳은살이 배어 있었습니다. 그래도 나는 열두 개의 팔찌에 광택 내는 일을 마저 다 해냈습니다.

정오가 되자, 아버지가 말씀하셨습니다.

"네가 먼저 가서 점심밥을 먹고 오너라. 네가 돌아오면 그때 내가 가도록 하마."

나는 점심 식사를 하기 위해 집으로 향했습니다. 가게가 있는 상가를 벗어나자마자 안도의 숨을 내쉬었습니다. 참, 날씨도 좋더군요. 청명한 하늘에 반짝이는 햇빛⋯⋯. 나는 곧장 친구들과 즐겨 가던 찻집으로 향했습니다. 다시는 가게로 돌아가고 싶지 않았거든요.

친구들은 나를 보더니 무척 반가워했습니다. 나는 그들에게 오전에 있었던 일을 들려주었습니다.

"야, 야, 됐어. 넌 어차피 부자잖아. 일은 왜 하냐?"

그들은 돈 많은 집 아들인 내가 노는 건 당연하다고 말했습니다. 친구들 중에 아버지가 일찍 돌아가신 아이가 있었습니다.

"집에 들어가기 싫으면 우리 집에서 지내도 돼. 우리가 너하나 못 먹여 주겠냐?"

퍽 마음에 드는 제안이었습니다. 나는 친구의 제안을 곧바로 수락했습니다.

그날 밤 나는 집으로 돌아가지 않았습니다. 그런데 한밤중에 내가 머물고 있던 집의 대문을 누군가가 세차게 두드렸습니다. 아버지였습니다. 아버지의 모습은 몹시 초췌해 보였습니다. 하지만 나를 보자, 얼굴 가득히 미소를 지으며 반기셨습니다.

아버지는 내게 집으로 가자고 하셨습니다. 사실 나도 속으로는 아버지가 찾아와 주어서 몹시 기뻤습니다. 친구 집에 머물러 있는 내내 마음이 편치 않았거든요. 하지만 이런 마음을 아버지한테 들키고 싶지가 않았습니다.

"싫어요, 집에 안 가요."

나는 고집을 피웠습니다. 아버지는 상심한 눈길로 나를 한참 동안 바라보셨습니다.

"제발 돌아가자꾸나. 엄마가 걱정하고 계신다. 더 이상 엄마 마음을 아프게 하지 말거라."

아버지는 거의 애원하는 목소리로 말씀하셨습니다. 하지만 나는 버릇없는 말을 계속해 댔습니다.

"아버지는 제가 집에 가길 원치 않으시잖아요?"

"아니, 애야, 그게 무슨 말이냐? 넌 우리에게 생명보다 더 귀중한 아들이란다."

나는 아버지가 그런 식으로 계속해서 나를 설득할 거란 사실을 알고 있었습니다. 그래서 아버지의 말을 가로막아

버렸습니다.

"만약 제가 행복하기를 바라신다면, 제가 젊은 날을 마음껏 즐길 수 있게 해 주세요. 뭘 하고 다니든 참견하지 마시라고요."

아버지는 고개를 저으며 난감해 하셨습니다.

"그건 안 될 말이지. 우리는 다만 네가 잘돼라고……."

아버지의 목소리가 부드러워질수록 나는 더더욱 함부로 말했습니다.

"아니오, 아버지는 절 질투하고 계세요."

"뭐? 그게 무슨 말이냐? 아버지가 자식을 질투하다니……. 네가 행복하면 우리도 행복한단다. 왜 그걸 모르니?"

"그게 사실이라면 저를 가게로 데려가려고 그렇게 애쓰지 않으실 텐데요."

"그런 게 아니다. 앞으로 네가 힘들게 살지 않도록 하기 위해서 그러는 거야. 직업을 가져야지. 그래야 네 엄마와 내가 세상을 떠난 뒤에 너 스스로 앞가림을 할 수 있지 않겠니?"

"우리 집엔 돈이 아주 많잖아요. 그런데 왜 힘들게 산다는 거지요?"

"얘야, 돈은 있다가도 없는 거야. 흥청망청 쓰다 보면 아무리 많은 돈도 순식간에 바닥이 드러나고 말지. 어느 날 갑자기 수중에 돈 한푼 없는 걸 발견하게 될 수도 있단다."

"제가 언제, 죽을 때까지 일을 하지 않겠다고 했나요? 단지 전 아직 젊다는 말을 하고 싶은 거예요. 다른 친구들은 다 놀고 있잖아요? 때가 되면 아버지가 오지 말라고 해도 가게에 나갈 거라고요."

아버지는 슬픈 표정을 지으셨습니다.

"아, 아들아, 이를 어떡하면 좋으냐? 이 모든 게 다 내 잘못이다. 내가 얼마나 큰 잘못을 저질렀는지 이제야 뼈저리게 알겠구나. 하지만 이제 와서 후회해 본들 소용없는 일이지. 정 그러고 싶다면 그렇게 하여라. 그러니 이제 집에 가자꾸나."

그 때 나는 아버지가 '이 모든 게 다 내 잘못이다.' 라고 하신 말씀의 의미를 제대로 몰랐습니다. 무작정 기분이 좋기만 했습니다. 내가 바라는 대로 마음껏 놀 수 있게 되었으니까요. 친구와 헤어질 때 나는 윙크까지 해 가면서 호들갑을 떨었습니다. 친구도 의미심장하게 웃음을 지어 보이더군요.

집으로 돌아가자, 어머니는 내 목을 얼싸안고 엉엉 우셨습니다. 이제 고삐는 내 손에 쥐어져 있는 셈이었지요.

다음날 아침부터 나는 내 멋대로 살기 시작했습니다. 아버지는 전혀 간섭하지 않으셨습니다. 매일 아침 베개 밑에 용돈을 넣어 놓은 뒤 조용히 일을 하러 나가셨습니다. 나는 그 돈을 들고 나가서 친구들과 함께 아주 유용하게 썼지요.

사실 나는 어렸을 때부터 돈에 관해서만큼은 아주 관대했습니다. 어디를 가든지 무엇을 하든지 모든 비용을 내가 지불했습니다. 그렇게 흥청망청 쓰다 보니 아버지한테서 받은 용돈으로는 모자라기 시작했습니다. 그래서 아버지께 용돈을 더 달라고 했습니다. 아버지는 나의 이러한 요구에 몹시 놀라는 눈치셨습니다.

"애야, 네게 준 용돈이 얼마인 줄 알고 그러느냐? 웬만한 집 한 달 생활비야. 그 많은 돈을 대체 어디에다 쓰고 다니는 거냐?"

"그걸 일일이 다 어떻게 열거하겠어요? 쓸 데가 오죽 많아야지요."

나는 불만 어린 목소리로 말했습니다. 아버지와 나의 대화를 옆에서 듣고 있던 어머니는 우리의 사이가 또다시 벌어질까 두려워서 중재에 나섰습니다.

"여보, 다 큰 앤데 좀더 올려 줍시다. 돈도 없이 친구들을 만날 순 없잖아요?"

그러자 아버지는 이렇게 말씀하셨습니다.

"다 그 친구들 때문이야."

하지만 다음날 아침, 아버지는 내가 원하는 만큼의 돈을 베개 밑에 놓고 가셨습니다. 나는 동네 친구들과 어울려 다니며 돈을 물 쓰듯 했습니다.

어느 날 친구 한 명이 나를 찾아왔습니다.

"어머니가 아주 편찮으셔. 의사에게 보여야 하는데, 병원비가 한푼도 없구나. 친척들에게 부탁해 봤지만 소용이 없었어. 네가 좀 도와 주면 안 되겠니?"

"그걸 말이라고 하냐? 당연히 내가 도와 줘야지. 돈이 언제 필요한데?"

"내일 아침. 어머니가 위독하셔서 당장 의사에게 보여야 하거든."

나는 이 문제를 어떻게 해결할까 골똘히 생각했습니다. 아버지에게 부탁하면 잔소리를 늘어놓으실 것이 뻔하니까요. 어머니를 조르는 편이 낫겠다는 생각이 들더군요.

나는 어머니에게 친구의 상황을 설명했습니다. 실제의 상황보다 훨씬 더 비참하게 말이지요. 내 말을 들은 어머니는 눈물을 글썽거리며 비상시에 쓰려고 아버지 몰래 숨겨 두었던 돈을 꺼내 주셨습니다.

나는 그 돈을 가지고 곧바로 친구에게 달려갔습니다. 이 주일이 지나자 다른 친구가 나를 찾아왔습니다.

"야, 나 돈이 좀 필요한데……."

"무슨 일인데 그래?"

"너도 알다시피 우리 아버지가 도박꾼이잖니? 어젯밤에 글쎄, 도박을 하면서 우리 집을 담보로 돈을 꾸었대. 그런데 시고 만 거야. 도박을 함께 했던 친구들이 이 집을 내놓든지 아니면 돈을 내놓든지 하라면서 협박을 하고 있어. 우린 이제 거리로 나앉게 생겼어. 제발 나 좀 도와 줘."

"하지만 그렇게 많은 돈을 내가 어디서 구하지?"

친구는 내 말에 설핏 미소를 지으면서 말했습니다.

"물론 그 많은 돈을 다 너한테서 구할 수 있다고는 생각지 않아. 우리 집에도 약간의 돈이 있고, 또 친척들한테도 어느 정도는 빌렸어. 금팔찌 두 개 값 정도의 돈만 있으면 대략 해결이 될 것 같아."

"금팔찌 두 개 값이라고?"

"너의 아버지 가게에는 금팔찌가 수도 없이 많잖아. 두 개쯤 훔친다 해도 누가 알아차리겠니? 아무도 모를 거야."

친구는 나더러 도둑질을 하라고 종용하고 있었습니다. 그것도 우리 아버지의 재산을……. 그것만은 옳지 않다는 생각이 들었습니다. 그래서 그럴 수 없노라고 말했습니다.

"안 돼, 난 도둑질을 할 수가 없어. 도둑질은 나쁜 거잖아."

친구는 마음이 상한 것 같았습니다.

"그래, 네 말이 맞아. 도둑질은 나쁜 거지. 너에게 이런 걸 바라는 게 아니었는데……. 내 잘못이 크다."

친구가 고개를 푹 숙인 채 내게서 멀어져 가자 마음이 몹시 아팠습니다. 하지만 나로서도 어찌할 수 없는 일이었기에 그냥 묻어 둘 수밖에 없었습니다. 그러고 나서 얼마 지나지 않아, 친구들을 우연히 길에서 만났습니다. 나는 반가운 마음에 그들 앞으로 황급히 달려갔습니다.

"안녕?"

하고 소리쳤지만, 그 누구도 내 인사를 받아 주지 않았습니다. 잠시 후, 그들 중 한 명이 말했습니다.

"진짜 친구는 어려울 때 알게 된다고 하더니……."

또 다른 친구가 말했습니다.

"말로만 친구인 척하는 거야 누구한테든 쉽지."

아픈 어머니를 의사에게 보여야 한다며, 내게서 돈을 꾸어 갔던 친구도 한마디 거들었습니다.

"친구를 위해 목숨을 버리는 사람도 있는데……."

그들은 좀전에 있었던 일을 두고 나를 비아냥거리고 있었습니다. 나는 부끄러워서 고개를 들 수가 없었습니다.

나는 그들과 헤어져, 곧장 팔찌 두 개를 부탁했던 친구의 집으로 달려갔습니다. 대문을 두드리자 친구가 문을 열어 주었습니다. 그 친구는 잔뜩 찡그린 얼굴로 나를 맞이했습니다.

"알았어, 내가 어떻게 해 볼게. 이번 주 안으로 팔찌를 가지고 오면 되는 거지?"

하지만 나는 그 팔찌를 아버지 가게에서 훔치지는 않았습니다. 어머니가 목욕하느라 잠시 빼놓은 패물 중에서 팔찌 두 개를 가져갔습니다.

어머니는 나를 추호도 의심하지 않으셨습니다. 우리 집에 청소를 하러 오는 가난한 아주머니가 있었는데 그녀가 가져갔다고 생각하시는 듯했습니다. 하지만 아버지는 어쩌면 모든 걸 알고 계셨는지도 모르겠습니다. 이 사건이 일어났을 때부터 나를 바라보시는 눈길이 예사롭지 않았거든요.

나는 내색을 하지 않으려고 무진 애를 썼습니다. 결국 이 일은 들키지 않고 넘어갔습니다. 대신 집에서 일하는 아주머니가 해고되고 말았지요.

그 후로 친구들의 요구는 끝이 없었습니다. 약간씩의 간격을 둔 채 차례로 찾아와 돈이 필요하다고 했습니다. 나는 그들의 가족이 어려운 처지에 놓이는 걸 원치 않았기 때문에 백방으로 뛰어다니며 도움을 주었습니다.

급기야는 아버지 가게에서 물건을 훔치기까지 했습니다.

하지만 곧 아버지에게 들키고 말았지요. 에메랄드 반지를 훔치다가 그만 아버지와 맞닥뜨리고 만 것입니다. 아버지는 내 손을 움켜잡으셨습니다. 그 때 나는 아버지의 눈에 어린 깊은 고통을 읽을 수가 있었습니다.

"애야, 너무나 실망스럽구나."

아버지는 이 말 외에는 다른 아무 말씀도 하지 않으셨습니다. 반지도 빼앗지 않으셨고요. 하지만 나는 반지를 유리 진열대 위에 던져 놓은 채 가게를 뛰쳐나왔습니다.

그날 이후로 아버지는 내게 말씀을 전혀 건네지 않으셨습니다. 아버지는 갑작스레 부쩍 늙어 가는 것 같았습니다. 가끔씩은 어머니에게 이렇게 속삭이는 소리가 들려오기도 했습니다.

"다 우리 잘못이야. 우리가 좋은 부모가 되지 못했어."

아버지는 이런 식으로 가슴앓이를 하고 계셨습니다. 언제인가부터 아버지의 건강은 눈에 띄게 나빠지기 시작했습니다. 한 달 후에는 결국 병석에 눕고 말았지요. 여전히 나하고는 말씀을 나누지 않으셨습니다. 어머니도 조금씩 달라지기 시작하셨습니다. 더 이상 나를 애지중지하지 않게 되셨거든요.

처음으로 양심의 가책을 느꼈습니다. 아버지의 건강이 나빠지도록 한 것이 나라는 사실을 인정하지 않을 수 없었으니까요. 늦었지만 정신을 차려야겠다는 생각이 들었습니다.

나는 그 지역에서 가장 유명한 의사를 집으로 불러들였습니다. 그는 아버지를 정밀하게 진찰한 뒤 약을 처방해 주었습니다. 하지만 아버지는 회복할 의지가 전혀 없어 보였습니다. 음식도 약도 입에 대지 않으셨습니다.

그 때문에 아버지의 병세는 갈수록 더 나빠지셨습니다. 살고 싶은 마음이 없으셨던 것 같습니다. 아버지를 설득할 수 있는 방법이 내겐 아무것도 없었습니다.

아버지는 돌아가시기 하루 전날, 나를 불러다 앉히셨습니다. 마지막 힘을 모아 말씀을 하셨지요. 흐느끼는 것 같기도 하고 속삭이는 것 같기도 한 목소리였습니다.

"나 때문에 죄책감을 가질 필요는 없다. 너 때문에 죽는 것은 아니니까. 다만 너에게 남기고 싶은 유언이 두 가지 있다. 하나는 훗날 너에게 자식이 생기면, 너에게 모든 것을 해 줄 수 있는 능력이 있더라도 그 아이한테 무작정 다 안겨 주지 말라는 것이다.

그리고 꼭 교육을 시켜라. 교육을 받아야만 인생의 이치에 눈을 뜨게 되니까. 사람에게는 선과 악이 공존한단다. 그 사실을 알게 해 주렴. 그리고 제대로 살아가기 위해서는 반드시 일을 해야 한다는 것도 알려 주어야 해.

다른 하나는……. 아들아, 너의 미래가 썩 좋지 않아 보이는구나. 네게 많은 유산을 남기지만 이런 식으로 하다간 오래 가지 못할 것이다. 지금 너의 태도로 보건대, 흥청망청 써서 순식간에 없애 버리고 말 것 같구나.

사실은 네 친구들이 그 돈을 다 없애 버리겠지. 곧 너는 아주 극한 상황에 처할 것이다. 네게 돈이 없으면 아무도 너와 가까이 지내려 하지 않을 거야. 그러면 너는 그걸 참지 못하고 목숨을 끊고 싶어질 게다."

"아버지, 왜 그런 말씀을 하세요?"

"내 말을 끝까지 들어라. 제발 단 한 번만 이 아버지의 말을 끝까지 들어주렴. 내가 한 말들이 사실이 되지 않길 바란다. 하지만 이렇게 살다간 내가 말한 대로 돼 버릴 것이 틀림없다. 산다는 것이 오히려 네게 짐이 될 날이 올 수도 있겠지.

그런 날이 오면 넌 견딜 수 없을 게다. 지금 내게 약속을 하렴. 만약에 어느 날 너 스스로 목숨을 끊고 싶은 생각이 들면……. 이 방의 천장에 고리를 하나 매달아 놓았다. 보이느냐? 그 고리에 목을 매거라. 지금 바로 이 자리에서, 죽어 가고 있는 아버지의 마지막 소원을 들어주겠다고 약속해 다오."

나는 아버지가 말씀하신 대로 되지 않을 거라고 생각했지만, 아버지의 마음을 편안하게 해 주기 위해 그러겠다고 대답했습니다.

"그렇게 하겠습니다. 혹시라도 목숨을 끊고 싶은 날이 오면 저 천장에 매달린 고리에 목을 매겠습니다. 아버지, 약속할게요."

아버지는 오랜만에 미소를 지어 보이셨습니다. 그리고 왼손을 내게로 뻗치셨습니다. 나는 아버지의 손을 꼭 움켜잡았지요. 그런데 아버지의 손이 얼음장같이 차가웠습니다.

결국 아버지는 그렇게 돌아가셨습니다. 한동안 죄책감이 내 마음을 갉아먹어 들어갔습니다. 친구들과는 자연스럽게 만나지 않게 되었습니다. 대신 아버지가 일하시던 가게로 나가 문을 열고 아침부터 저녁까지 일을 했습니다.

이 주일쯤 지났을 때, 친구 한 명이 가게로 찾아왔습니다. 그는 농담 반 진담 반으로 이런 말을 던졌습니다.

"오늘 밤에 강가에서 포도주를 마시기로 했는데, 너도 같이 가지 그래?"

나는 그의 제안을 단번에 거절했습니다. 하지만 그 친구는 쉽게 물러날 태세가 아니었습니다.

"오래 있지 않을 거야. 다른 친구들도 널 몹시 보고 싶어해.

한두 잔만 마시고 금세 돌아올 텐데, 뭐."

"어머니가 집에 혼자 계셔."

나는 이렇게 말했습니다. 그러면서도 마음 한구석이 개운
치 않았습니다. 어쩌면 오래간만에 그들과 어울려 보는 것도
좋겠다는 생각이 들었습니다. 아버지가 돌아가신 후, 나는 꽤
소심한 성격으로 변해 있었거든요.

해가 떨어지자 결국 나는 가게 문을 닫고 강가로 나갔습니
다. 친구들은 미리 와 있었습니다. 그들은 내 아버지의 갑작
스런 죽음에 마음이 많이 아팠다고들 했습니다. 앞으로 자신
들이 도와 줄 일이 있다면 무엇이든 주저하지 말고 말하라고
하더군요.

순간 오랫동안 내 마음속에 잠재돼 있던 죄책감이 사라지
면서 한결 편안해졌습니다. 친구들과 함께 먹고 마시고 노래
를 불렀습니다.

그날 밤 나는 꽤 늦은 시각에 집으로 갔습니다. 어머니는 주
무시지 않고 나를 기다리고 있었습니다. 내가 친구들과 함께
있었다는 사실도 알고 계셨고요. 어머니는 내게 몇 마디 충고
를 하셨습니다. 물론 나는 그 말들을 모두 무시해 버렸지요.

다음날부터 나는 다시 과거의 생활로 돌아갔습니다. 아침

부터 밤까지 친구들과 어울려 다니면서 즐겁게 놀았습니다. 그전처럼 모든 유흥비는 내가 지불했습니다. 친구들의 끊이지 않는 요구들도 다 들어주었고요.

이제는 금팔찌 따위를 훔칠 필요가 없었답니다. 모든 게 내 것이기 때문이었지요. 그 사이 친구들도 보석 가게를 열었습니다. 그런데 참 이상한 일은 우리 가게의 매상은 매일같이 줄어드는데, 그 친구들의 가게 매출은 나날이 늘어나는 것이었습니다.

어머니는 이 모든 걸 훤히 꿰뚫고 계셨습니다. 몇 번이고 내게 경고를 하셨지요. 하지만 나는 어머니의 말씀을 단 한 번도 귀담아 듣지 않았습니다. 게다가 친구들의 사업이 번창하는 게 뭐 그리 나쁘단 말입니까? 어차피 내가 더 부자인걸요.

일 년이 지난 후, 어머니 역시 아버지를 잃은 슬픔을 견디지 못하고 돌아가시고 말았습니다. 어머니가 돌아가시자 나를 저지할 사람은 더 이상 아무도 없었습니다.

극도로 낭비를 했지요. 조상들이 오랜 세월 동안 뼈빠지게 일해서 모은 재산이 나의 이 낭비벽 때문에 이 년 만에 바닥이 나고 말았습니다. 이제는 빚쟁이들이 줄지어 우리 집으로 찾아왔습니다.

나는 도움을 얻기 위해 친구들에게로 달려갔습니다. 하지만 전혀 기대하지 않았던 일이 일어났습니다. 모두들 내 얼굴을 보더니 문을 닫아 버렸습니다. 나는 도저히 믿을 수가 없었습니다. 그들이 어려움에 처했을 때 앞장서서 도와 준 사람이 바로 나였으니까요. 그런데 그들은 그러한 사실을 전혀 모르는 듯이 굴었습니다.

나는 계속해서 대문을 두드렸습니다. 몇 날 며칠을 그들의 집 앞에서 기다리기도 했고요. 그런데 그들은 마치 내가 전염병에라도 걸린 것처럼 피해 다녔습니다.

어느 날 저녁 무렵, 나는 지친 몸을 이끌고 친구들과 자주 가던 찻집으로 향했습니다. 형편이 어찌나 어려웠던지 차 한 잔 마실 돈이 주머니에 남아 있지 않았습니다. 그래서 낭패감을 느끼고 있었는데, 찻집의 뜰에서 친구들이 물담배를 피우고 있는 것이 보였습니다. 어찌나 반갑던지요.

나는 그들에게로 황급히 달려갔습니다. 그리고 묻고 싶었습니다. 왜 나를 그토록 피해 다녔는지……. 그런데 그들은 나를 보는 순간 약속이나 한 듯이 자리에서 서둘러 일어났습니다. 그리고는 마치 내가 그 곳에 없는 것마냥 나를 지나쳐 계산대로 가 계산을 한 뒤 밖으로 나갔습니다.

나는 그들의 행동을 참을 수가 없었습니다. 그래서 뒤따라 나갔습니다. 집이 도박 빚 때문에 넘어갈 지경이라 해서 어머니의 팔찌를 훔쳐다 주었던 친구의 멱살을 잡았습니다.

"너도 인간이냐? 내가 너에게 어떻게 했는데, 은혜를 이런 식으로 갚는 거냐?"

나는 고함을 질렀습니다. 그는 아주 건장한 청년이었답니다. 나를 우스울 만큼 쉽게 밀쳐내더군요. 덕분에 나는 바닥으로 넘어졌습니다. 하지만 분을 삭이지 못해 다시금 일어나 친구에게 덤벼들었습니다.

이번에는 내 얼굴을 주먹으로 내려치더군요. 코피가 나기 시작했습니다. 나도 지지 않고 그의 얼굴을 주먹으로 쳤습니다. 다른 친구들이 달려왔습니다. 나는 그들이 싸움을 말려 줄 거라고 생각했습니다.

그런데 그들은 모두 함께 나를 공격해 왔습니다. 나는 저항을 하려고 했지만 역부족임을 절감하지 않을 수 없었습니다. 그들은 내 얼굴이 피범벅이 될 때까지 때렸습니다. 정신을 차렸을 때는 온몸이 욱신거리면서 아프더군요.

벽을 붙잡고 일어섰습니다. 어렵사리 걸어서 집으로 갔습니다. 그제서야 아버지가 하신 말씀이 떠올랐습니다. 아버지는 그 때 이미 몇 년 뒤에 일어날 일을 예견하셨던 것입니다.

아버지 생각을 하자 눈물이 나기 시작했습니다. 아버지를 돌아가시게 만든 건 나였습니다. 나는 내가 얼마나 나쁜 인간인지를 그제서야 깨달았습니다. 나를 사랑하는 사람들에게 고통을 주고, 적들을 부자로 만든 바보 같은 놈이란 것을요.

과거에는 친구였으나 이제는 적이 돼 버린 사람들과 싸울 힘조차 없는 바보가 되어 있었던 것입니다. 이제 내가 할 일은 한 가지밖에 없었습니다. 더 이상 비참해지기 전에 이 구차한 삶을 끝내는 것. 그 때 아버지와 했던 약속이 떠올랐습니다.

"혹시라도 목숨을 끊고 싶은 날이 오면 저 천장에 매달린 고리에 목을 매겠습니다."

아버지와의 약속을 지켜야겠다는 생각이 들었습니다. 나는 창고에서 굵은 밧줄 하나를 찾아냈습니다. 의자 위에 올라가 밧줄의 끝을 쇠고리에 걸어 올가미를 만든 다음 그 올가미에 목을 넣었습니다. 그리고 밟고 있던 의자를 발로 넘어뜨렸습니다.

이제 목숨이 끝나는 일만 남았다고 생각하며 기다리고 있었지요. 그런데 예상 밖의 일이 벌어졌습니다. 밧줄을 걸었던 쇠고리 부분이 뚜껑처럼 열리는 게 아니겠습니까? 그 바람에 나는 그만 바닥으로 떨어지고 말았습니다.

깜짝 놀라서 위를 쳐다보니 천장 안에 장 같은 것이 있었습니다. 나는 다시 의자 위에 올라가서 천장에 있는 장에다 손을 집어 넣었습니다. 달걀 크기의 쇠붙이 같은 것이 손에 잡혔습니다. 꺼내어 보니 황금으로 만든 달걀이었습니다.

너무 기뻐서 손을 다시 그 장 안으로 밀어넣었습니다. 그 안에는 황금으로 만든 달걀이 수십 개나 들어 있었습니다. 나는 그것들을 모두 꺼냈습니다. 아버지는 내게 무슨 일이 일어날지 미리 알고 이렇게 놀라운 일을 준비해 놓으셨던 것입니다.

어쩌면 나를 잘 키우지 못했다는 죄의식을 이런 식으로나마 보상받고 싶으셨던 것이겠지요. 아버지의 지극한 사랑을 알게 되자 땅 속으로 꺼져 버리고 싶었습니다. 하지만 다시 기운을 차렸습니다. 이 재산을 밑천으로 다시 살아 남아야 했으니까요.

아무튼 덕분에 나는 새로운 삶을 시작할 수 있었습니다. 나를 이 지경으로 만든 친구들에게 복수를 할 수도 있었고요.

장이 서는 날, 나는 황금 달걀을 가지고 보석상들이 있는 곳으로 나갔습니다. 나를 본 상인들은 자기들끼리 숙덕거리기도 하고, 내 처지를 비웃기도 하더군요. 어떤 사람들은 동정을 하기도 했고요.

내 친구들도 그 곳에 있었습니다. 그들은 내가 시장에 나타난 이유를 알기 위해 교활한 눈빛으로 주시하고 있었습니다.

나는 아무런 신경도 쓰지 않은 채 경매가 벌어지는 곳으로 갔습니다. 그리고는 약간 높은 단상 위로 올라가 사람들을 향해 이렇게 말했습니다.

"여러분! 제 손에는 여러분이 지금까지 보지 못했던 크기의 황금 달걀이 있습니다. 이 황금 달걀을 경매에 붙여서 팔려고 합니다. 사고 싶은 사람은 경매에 참여해 주시기 바랍니다."

시장은 술렁거리기 시작했습니다. 모두들 내가 미쳤다고 수군거렸지요. 옛 친구들은 폭소를 터뜨리며 나를 조롱했습니다. 나는 자루에서 황금 달걀을 꺼냈습니다. 햇빛을 받아 불꽃처럼 반짝거리는 황금 달걀을 높이 쳐들자, 시장은 갑자기 쥐 죽은 듯이 고요해졌습니다.

잠시 후 상인들 사이에서 경탄의 말들이 쏟아지기 시작했습니다. 조금 전까지 나를 비웃던 친구들은 충격이 가시자마자 위선적인 미소를 지으며 내게로 다가왔습니다. 얼마나 이중적인 인간들이었던지, 황금 달걀을 얻기 위해 내 목이라도 얼싸안을 듯한 태세였습니다.

하지만 이제 그들과의 우정은 과거에 불과했습니다. 그들을 무시하고 경매를 하기 시작했습니다. 보석 상인들 중에서는 내 친구들이 가장 큰 부자였습니다. 그렇기 때문에 황금 달걀은 곧 친구들 중 한 명에게 낙찰되었습니다.

친구가 능글맞은 미소를 지으며 내게 돈을 건네려 하더군요. 황금 달걀을 잡으려고 다른 쪽 손을 내게로 길게 뻗으면서 말입니다.

"당신처럼 의리 없는 사람의 돈으로는 이 황금 달걀을 살 수가 없습니다."

나는 그 친구의 얼굴을 보고 이렇게 말했습니다. 순간 친구의 얼굴이 심하게 일그러졌습니다. 나는 그 친구가 보는 앞에서 쇠절구를 꺼낸 뒤 그 안에 황금 달걀을 넣고 가루가 될 때까지 빻았습니다.

그리고는 그 황금 가루를 사람들의 머리 위로 흩뿌렸습니다. 나의 관대함을 확인한 친구들은 조금 전에 자신들이 무시했던 일을 후회하며 죽을 것 같은 표정을 지었습니다. 황금 달걀을 사려 했던 친구는 탐욕 때문에 생긴 분노를 이기지 못해 그 자리에 쓰러져 버렸고요.

그날 이후 장이 설 때마다 나는 똑같은 일을 반복하고 있습니다. 황금 가루가 공중에 날리는 것을 본 친구들의 얼굴에 나타난 후회감을 보는 것이 나를 얼마나 통쾌하게 하는지 당신들은 아마 짐작도 못 하실 겁니다.

보석 상인의 이야기가 끝나자, 파디샤와 총리 대신은 이렇

게 물었다.

"그럼 그 일을 언제까지 계속할 겁니까?"

보석 상인은 개구쟁이 같은 미소를 지어 보였다.

"친구들이 자신들의 잘못을 느끼고 삶에 대한 태도를 바꿀 때까지 계속할 생각입니다. 지금 나는 이 업종에서 꽤나 성공을 거두었습니다. 이제는 조상님들 앞에서 부끄럽지 않을 보석상이 되었단 말이지요. 내가 번 돈의 일부로 나도 아버지처럼 황금 달걀을 만들고 있습니다. 친구들이 정신을 차릴 때까지 황금 달걀을 빻아 사람들의 머리 위로 날려 버릴 겁니다."

파디샤와 총리 대신은 보석 상인에게 그의 행위가 정당한 것이라며 격려를 해 주었다. 그제서야 보석 상인은 자신이 이 집의 주인임을 떠올리며 이렇게 말했다.

"이제 푹 주무실 시간이 되었습니다."

그는 손님들이 머물 방으로 안내해 주었다. 여독으로 지친 파디샤와 총리 대신은 잠자리에 들자마자 곯아떨어지고 말았다.

다음날 아침 일찍, 그들은 길을 나섰다. 그리고 이틀 내내 걸어서 장님이 사는 나라에 도착했다. 그들은 곧장 장님의 집으로 찾아갔다.

그는 막 광장으로 나갈 채비를 하고 있었다. 장님은 그들이 온 것을 알고 미소를 지어 보였다.

"당신들이 오지 않을 거라고 생각했는데……. 보석 상인의 사연을 알아내다가 포기를 하고 그냥 집으로 가 버린 줄 알았습니다."

"당신의 이야기를 듣지 않고 우리가 어떻게 집으로 돌아갈 수 있겠소?"

파디샤가 말했다. 그리고 그들이 왜 이렇게 늦게 왔는지를 간단히 설명해 주었다.

"그랬군요. 당신들이 들은 이야기를 나도 듣고 싶습니다."

"기꺼이 해 드리지요."

"하지만 나는 지금 광장으로 나가 봐야 합니다. 내가 돌아올 때까지 여독을 풀고 계시지요. 저녁때 돌아와서 내 사연을 말씀드리겠습니다."

장님이 말했다. 장님의 어조가 너무나 단호했기 때문에 파디샤와 총리 대신은 당장 사연을 들려 달라고 고집할 수가 없었다. 장님은 손님들에게 식사를 대접하고는 쉴 방으로 안내해 준 뒤 집을 나섰다. 파디샤와 총리 대신은 이내 깊은 잠에 빠졌다.

장님이 귀가했을 때, 손님들은 여전히 잠을 자고 있었다.

장님은 그들을 깨운 뒤 함께 저녁 식탁 앞에 앉았다. 저녁 식사를 마친 후, 파디샤와 총리 대신은 그 동안 들은 이야기를 그에게 들려주었다.

장님은 모든 이야기에 관심을 갖고 귀 기울여 들었다. 그러고 나서 이렇게 말했다.

"세상엔 참 별일이 많군요. 내가 그와 비슷한 일을 경험하지 않았더라면 아마도 그 이야기들을 하나도 믿지 않았을 겁니다."

"당신에게는 무슨 일이 있었습니까?"

파디샤는 궁금증을 감추지 못하며 이렇게 물었다.

"내 사연도 만만치 않습니다. 당신들이 여태껏 들은 이야기만큼이나 특별하다고 할 수 있지요."

이 말을 마친 후, 장님은 자신의 이야기를 하기 시작했다.

보이는 것과 보이지 않는 것

장님 이야기

나는 예전에 제법 큰 규모의 대상을 이끌었습니다. 마흔 마리의 낙타를 소유하고 있었지요. 낙타와 함께 여러 나라를 떠돌아다니며 여행객이나 물품을 운반하는 일을 했습니다.

그런데 어느 날 밤, 누군가가 나의 방문을 두드렸습니다. 문을 열어 보니, 수염이 새하얗게 센 노인이 한 명 서 있었습니다.

"무슨 일이신지요, 어르신?"

"자네가 이 대상의 행수인가?"

"네, 그렇습니다. 혹시 무슨 일이라도?"

"자네가 이끄는 대상의 도움이 필요하다네."

"이동해야 할 것이 무엇입니까? 사람인가요, 물품인가요?"

그는 흰 수염을 쓸어내리며 설핏 웃음을 띠었습니다.

"물품을 운반할 것이네. 하지만 지금 자네의 머릿속에 떠올리는 그런 물품은 아니라네. 이번 일은 아주 특별한 거지. 그 물품을 운반하는 사람을 부자로 만들어 주거든."

"그게 어떤 물품인데요?"

나는 그 물품에 관심이 생겼습니다.

"이 일을 하고 싶다면 아무리 궁금한 것이 있어도 질문을 하지 말게. 오직 나를 믿고 내가 말하는 대로 따라 주기만 하면 된다네."

나는 그 노인의 모습을 자세히 관찰해 보았습니다. 표정이 환하고 얼굴빛이 아주 맑아 보였습니다. 옷을 차려입은 품새도 고급스러워 보였고요. 사기꾼 같은 냄새는 조금도 나지 않았지요.

"알겠습니다. 제 동료들과 함께 그 일을 맡도록 하겠습니다."

"아니야, 자네 동료들의 도움은 필요하지 않네. 자네와 낙타들만 있으면 되니까."

순간 의심스런 생각이 들기 시작했습니다.

'혹시 날 속이려는 게 아닐까?'

노인은 나의 이런 마음을 금세 눈치 채어 버렸습니다.

"두려워할 것 없네. 자네에게 피해를 주는 일은 없을 걸세.

하지만 이 일을 수락해 준다면, 머지않아 자네는 이백 마리 이상의 낙타를 살 수 있을 걸세."

낙타 이백 마리! 그건 정말 커다란 수입이 아닐 수 없었습니다. 구미가 당기는 건 사실이었지만, 아직은 불안감이 말끔히 가신 것도 아니었습니다.

'혹시 내 재산을 빼앗아 가면 어쩌지?'

노인은 내 어깨에 손을 얹었습니다.

"내가 장담하지. 자넨 아무 일 없이 집으로 돌아올 걸세. 어마어마한 재산을 가지고……."

아버지는 내게 늘 그러셨습니다. 사업에서 성패를 결정하는 가장 큰 요인은 '용기'라고요. 위험을 감수하지 않고는 돈을 벌 수 없다는 뜻이지요. 노인은 지금 내가 평생 동안 뼈빠지게 일을 해도 만질 수 없는 거액의 재산을 언급하고 있었습니다.

나는 잠시 생각에 잠겼다가 이렇게 말했습니다.

"그러지요, 그 조건을 수락하겠습니다. 그런데 언제 길을 나서야 하지요?"

"내일 아침 해가 뜨는 대로 출발하도록 하지."

사실 나는 모레 정도에 길을 나섰으면 했습니다. 준비를 해야 하니까요. 하지만 노인이 너무나 단호한 어투로 말했기 때문에 거기에 토를 달 용기가 나지 않았습니다. 일단 일을 하기로 결정한 이상, 뒤늦게 불평을 늘어놓는 것은 무의미한 짓이란 생각이 들기도 했고요.

"그럼 이걸로 협상이 이루어진 것이라 믿겠네. 내일 대상 행렬 옆에서 만나세."

노인은 이렇게 말하고는 가 버렸습니다. 나는 옷을 챙겨 입고 동료들의 곁으로 갔습니다. 동료들에게 조금 전의 일을 말하자 그들은 놀라움을 감추지 못했습니다. 의견은 서로 엇갈렸습니다. 누군가는 혼자 가지 말라고 했고, 또 누군가는 이런 기회를 절대로 놓쳐선 안 된다고 했습니다.

나는 이미 결정을 내린 일이었기 때문에, 이제는 운명에 맡기는 수밖에 없다고 생각했습니다. 그리고 떠날 채비를 하기 시작했습니다. 준비할 것이 얼마나 많던지 잠도 제대로 자지 못한 채 짐을 꾸려야 했습니다.

동이 트기 시작하자 그 노인이 나타났습니다. 대상 행렬이 있는 곳으로 다가오더니, 떠날 채비가 다 돼 있는 것을 보고 만족스런 미소를 지었습니다.

"자네를 선택하길 잘 했군."

나는 동료들과 작별 인사를 나눈 뒤, 그 노인과 함께 길을 나섰습니다. 수많은 산을 넘고 좁은 골짜기를 지났지요. 밤에는 추위에 떨었고, 낮에는 땡볕 아래서 땀을 뻘뻘 흘렸습니다.

정확히 이레 밤낮을 걸었습니다. 여드레째 되는 날, 붉은 바위로 뒤덮여 있는 산자락에 도착했습니다. 우리는 걸음을 멈췄습니다. 노인은 낙타를 내 쪽으로 끌고 오더니, 미소를 지어 보이며 말했습니다.

"다 왔네."

"다 왔다고요?"

나는 놀라서 되물었지요. 아무리 둘러봐도 그 주위에는 신고 갈 짐이 보이지 않았거든요.

"저길세."

노인은 손가락으로 산을 가리키며 말했습니다.

"산을 옮길 겁니까?"

나는 조롱하는 말투로 이렇게 물었지요.

"아닐세, 산 속에 있는 걸 옮길 걸세."

"산 속에 있는 거라고요?"

"그렇다네, 이 산의 문이 곧 열릴 걸세. 그 안에 보물이 들어 있지."

나는 깜짝 놀라서 노인의 얼굴을 뚫어지게 바라보았습니다.

'이 사람 미친 거 아니야?'

만약 이 미친 사람에게 속아서 여기까지 온 거라면, 나 자신도 용서할 수 없을 것 같았습니다. 하지만 노인은 확신에 찬 얼굴로 낙타의 무릎을 꿇게 한 뒤 땅으로 내려섰습니다.

그리고는 산을 향해 걸어가더니 무슨 밀인가를 숭얼거렸습니다. 이어 붉은 바위를 세 번 만지고 땅에 입을 세 번 맞추었습니다. 그 순간 천지가 진동하는 것이 느껴졌습니다.

"아이고, 지진이 일어나는구나."

나도 모르게 혼잣말이 튀어나왔습니다. 낙타들도 이 진동을 느꼈는지 겁을 내며 뒷걸음질을 쳤습니다. 그 바람에 나는 타고 있던 낙타에서 떨어질 뻔했지요. 애써 균형을 잡고 다시 노인의 얼굴을 바라보았을 때는 입이 쩍 벌어지고 말았습니다.

노인이 조금 전에 어루만지던 곳에 통로가 나타났던 것입니다. 이 노인이 마법사라도 된단 말인가? 그 순간, 내 마음을 또다시 눈치 챈 노인이 이렇게 말했습니다.

"그렇게 놀란 눈으로 쳐다보고 있지만 말고 낙타에서 내려 이쪽으로 오게나."

나는 그의 말을 따랐습니다. 노인은 내 눈을 똑바로 쳐다보며 이렇게 말했습니다.

"자네는 이제 곧 큰 재물을 얻게 될 걸세. 이제부턴 자네가 알아서 하게."

나는 그가 하는 말이 무슨 뜻인지 알 수가 없었습니다.

"무슨 말씀을 하시는 건지?"

"나는 자네를 이 곳까지 데리고 왔네. 산 속으로 들어가는 비밀 통로가 열려 있지? 그런데 난 그 안으로 들어갈 수가 없어. 산이 내게 금지 명령을 내린 것이지. 나 이외의 다른 사람만이 안으로 들어갈 수 있단 얘기야. 그 사람이 바로 자넬세."

나는 겁이 나기 시작했습니다.

"그 안에 무엇이 있는데요?"

"엄청나게 많은 양의 보물이 있지. 하지만……."

노인은 이 말을 하고는 입을 다물었습니다. 그리고 내 얼굴을 뚫어지게 바라보았습니다.

"하지만?"

나는 그의 말을 반복했습니다.

"보물이 있는 장소에 도달하는 것은 그리 쉬운 일이 아닐세. 산은 용감한 사람을 좋아하지. 그 때문에 안으로 들어간 사람을 여러 가지 방법으로 시험한다네. 이 시험을 통과하면 보물을 가져갈 수 있지."

"그게 어떤 시험인가요?"

"담력 시험이지. 안으로 들어가자마자 어두운 통로가 나올 걸세. 그 통로에서 갖가지 괴물들이 자네에게 겁을 줄 거야. 자네를 되돌아가게 하기 위해서…….

하지만 그 괴물들은 조금도 두려워할 것 없네. 그 어떤 것도 자네를 해칠 수 없으니까. 괴상한 모습과 기괴한 목소리로 자넬 겁줘서 동굴 밖으로 쫓아내려는 것뿐이야.

다시 말하지만 그 괴물들에게는 신경쓰지 말게. 죽음이나 두려움 같은 말 따윈 머리와 가슴에서 깨끗이 몰아내 버리고 계속해서 걷기만 하게. 눈을 감고 귀를 막는 한이 있더라도 앞으로만 전진하게.

오백 미터 가량 앞으로 걸어 들어가면 통로가 끝이 날 걸세. 거기에 공터가 하나 나올 거야. 공터 한가운데에 하얀 수의를 입고 누워 있는 주검이 있다네.

그 주검 쪽으로 다가가게. 주검의 머리맡과 발치에 촛불이 일곱 개씩 켜져 있을 거야. 머리맡에 있는 일곱 개의 촛불을 발치로 옮기고, 발치에 있는 일곱 개의 촛불을 머리맡으로 옮겨 놓게나.

그런 후 손을 수위 안에 넣고 배 쪽을 더듬어 보게. 작은 상자가 하나 있을 걸세. 그 상자를 재빨리 꺼내게. 그러면 주위가 환해지면서 괴물들이 모두 사라질 거야. 동시에 산의 보물이 나타나게 되지."

나는 평소에 겁쟁이 쪽에 속하는 편은 아니었지만, 노인이 한 말에는 소름이 쭉 끼쳤습니다.

"다른 방법으로 보물을 손에 넣을 수는 없습니까?"

나는 두려움에 떨면서 물었습니다.

"아니, 그것이 보물을 얻을 수 있는 유일한 길이라네."

"둘이 함께 들어가면 안 되나요?"

노인은 근엄하게 말했습니다.

"자네는 내 말을 온전히 이해하지 못했나 보군. 나는 단지 산의 문을 열 수 있을 뿐이네. 저 안에는 나 이외의 다른 사람이 들어가야 해. 내가 들어가면 산은 보물을 주지 않아."

"아, 어떡하면 좋지요? 이런 일은 한 번도 경험해 본 적이 없어서……."

나는 어찌할 바를 몰라 이렇게 말했습니다. 노인의 표정이 약간 부드러워졌습니다.

"여보게, 날 믿게나. 나쁜 일은 일어나지 않을 걸세. 잠시 후면 엄청난 재물을 얻게 돼. 그것만 생각하게."

재물을 얻기 위해서 이 위험을 감수할 가치가 있을까? 만약에 내가 안으로 들어가자마자 통로가 닫히고 이 노인이 내 낙타들을 가지고 도망가면 어쩌지? 하긴 낙타들을 가지고 갈 의도였다면 여기까지 올 이유가 없을 테지. 도시를 벗어나자마자 일당들을 시켜 길을 가로막아 버리면 간단하니까.

나는 노인을 믿고 싶었습니다. 그가 한 말이 사실이라면 길에서 인생의 모든 걸 보내야 하는 이 생활에서 벗어날 수 있을 테니까요. 길에서 발생할 수 있는 갖가지 위험들을 더 이상 겪지 않아도 되고요. 길을 가로막는 산적들과 싸울 필요도 없고…….

대상을 공격하는 산적들은 단지 물건만을 뺏는 것이 아니랍니다. 사람을 칼로 찔러 죽이기까지 하지요. 나는 수십 번이나 그러한 위험을 모면해 왔습니다. 동굴로 들어가 재물을 얻을 수 있다면 그런 위험에서 벗어나게 되는 것입니다.

"알겠습니다. 안으로 들어가지요."

"자네는 옳은 일을 하는 거네. 후회하지 않을 거야. 하지만 내가 한 말들을 잊지 말게. 무슨 일이 있더라도 도중에 포기해선 안 되네. 이 일을 완수할 때까지 되돌아오지 말게."

노인의 말은 내게 조금 더 용기를 주었습니다.

나는 통로 안으로 들어갔습니다. 발을 들여놓자마자 사방이 칠흑같이 어두워졌습니다. 마치 허공에 발을 내딛는 듯했지요. 나는 더듬거리며 앞으로 나아갔습니다.

그 때 먼 곳에서 정체를 알 수 없는 소리가 메아리치며 들려왔습니다. 눈이 점차 어둠에 익숙해졌습니다. 흐릿하긴 하지만 통로 안의 모습을 볼 수가 있었습니다.

약간 앞쪽에서 통로가 구부러지고 있었습니다. 발걸음을 서둘렀습니다. 가능하면 이 일을 빨리 끝내고, 여기에서 나가고 싶었기 때문입니다. 모퉁이를 막 돌았을 때 눈을 찌를 듯이 강한 빛이 나타났습니다. 빛 속에 무엇인가가 있었습니다.

그 모습이 무엇인지 확인하고 나자 피가 얼어붙는 것 같더군요. 그것은 낙타 크기만 한 유령이었습니다. 그 유령은 칼을 손에 든 채 빠른 속도로 내게 다가왔습니다. 무서워서 다리가 덜덜 떨리기 시작했습니다.

하지만 노인의 말을 떠올리고는 즉시 눈을 감았지요. 유령의 모습을 한 번만 더 본다면 공포에 휩싸여 도망쳐 버릴 것 같았거든요. 눈을 감아 버리자, 유령의 모습은 이내 사라졌습니다.

나는 안도의 한숨을 내쉬었습니다. 그리고 눈을 감은 채로 앞을 더듬거리며 걸어 나갔습니다. 이대로 계속 가면 노인이 말했던 공터에 곧 도착할 수 있을 거라고 믿으면서요.

얼마나 걸었을까? 도움을 청하는 여자의 가냘픈 목소리가 들려왔습니다. 나는 호기심이 일어서 눈을 살짝 떠 보았습니다. 저만치 앞에 발이 쇠사슬로 묶인 할머니가 서 있었습니다. 그 할머니는 내게 손을 내밀며 애원했습니다.

"제발, 나를 여기서 구해 줘."

나는 할머니에게로 가까이 다가갔습니다. 너무나 불쌍한 모습이어서 한 순간 어찌해야 할지 망설여졌습니다. 노인은 나에게 이 할머니에 대해서는 언급한 적이 없었습니다.

'이 할머니를 밖으로 데리고 나간 후 다시 돌아와서 가던 길을 계속 간다면……. 아니야, 아니야. 그러면 안 되지. 먼저 주검의 배에 있는 상자를 꺼내야만 해. 그런 후 이 할머니를 구해야지.'

나는 할머니에게 다가가 말했습니다.

"할머니, 여기서 잠깐만 기다리세요. 잠시 후에 와서 구해 드릴게요."

할머니는 애원하는 듯한 눈길로 나를 계속해서 바라보았습니다.

"나는 더 이상 견딜 힘이 없네. 어서 나를 구해 주게나. 나중에 오면 늦을 수도 있잖나?"

"죄송해요. 하지만 지금은 구해 드릴 수가 없어요. 조금만 참고 기다리세요. 곧 돌아오겠습니다."

"아니야, 지금 당장 나를 구해 줘."

할머니의 목소리는 갈수록 작아졌습니다. 할머니가 나에게 화를 내고 있다는 생각이 들었습니다.

"죄송합니다. 그래도 지금은 구해 드릴 수가 없어요."

할머니는 갑자기 그 자리에서 펄쩍 뛰어오르더니 내게 손을 내밀었습니다. 그러자 할머니의 손톱이 빠르게 자라나는 것이 보였습니다. 그러니까 이것도 나를 저지하기 위한 속임수에 불과했던 것입니다.

나는 다시 눈을 감았습니다. 하지만 할머니의 끔찍한 비명 소리는 여전히 귓가에서 메아리쳤습니다. 나는 검지손가락으로 귀를 막았습니다. 주위가 다시 고요해졌습니다.

눈을 감고 귀를 막은 상태로 계속해서 앞으로 걸어갔습니다. 걸음걸이의 속도는 약간 느려졌지만 최소한 유령들과는 만나지 않게 되었습니다. 백 미터 가량 앞으로 갔을 때, 발에 무엇인가가 걸렸습니다. 나도 모르게 뒤로 물러나려 했지만 마음대로 움직여지지가 않았습니다. 눈을 뜰 수밖에 없었지요.

그런데 세상에, 커다란 뱀이 내 발을 감고 있는 게 아니겠습니까? 발을 빼려고 했지만 소용없는 짓이었습니다. 그 뱀의 힘이 어찌나 세던지 꼼짝을 할 수가 없었습니다. 이제 눈을 감거나 귀를 막는 걸로는 해결이 나지 않을 듯했습니다.

나는 공포에 휩싸여 고함을 치기 시작했습니다. 내 목소리를 들은 유령과 마녀, 그리고 괴물 들이 모두 한꺼번에 나타났습니다. 그들은 끔찍한 비명 소리를 지르며 내 주위를 에워

쌌습니다.

그런데 그 순간 나는 알게 되었답니다. 이 괴물들이 내게 전혀 해를 줄 수 없다는 것을⋯⋯. 단지 내 주위를 끊임없이 돌아다니기만 할 뿐이었습니다. 하지만 뱀은 여전히 내가 걷는 것을 방해하고 있었습니다.

나는 유령들한테는 신경을 쓰지 않기로 했습니다. 무엇보다 지금은 뱀한테서 벗어나는 일이 중요했습니다. 그런데 어떻게? 그 때 불현듯 이것들 모두가 환영일지도 모른다는 생각이 들었습니다. 그렇다면 지울 수가 있으니까요.

나는 정신을 모으고 뱀의 존재를 부인하려고 애썼습니다. 하지만 주위에서 돌아다니고 있는 유령들과 그들의 비명 소리 때문에 생각만큼 집중이 되지 않았습니다. 결국 나는 다시 눈을 감고 귀를 막았습니다. 그리고는 이렇게 외쳤습니다.

"이 뱀은 환영이야."

잠시 후, 발이 자유로워졌다는 것을 깨달았습니다. 정말로 그 뱀이 사라져 버린 것입니다. 그러고 나자 자신감이 생기기 시작했습니다. 귀를 막고 있던 손을 내리고 눈을 떴습니다. 이제 유령의 존재가 하나도 겁나지 않았습니다. 몸통이 없는 빨래처럼 공중에 떠다니는 것이 되레 우습기까지 했습니다.

나는 발걸음을 재촉했습니다. 유령들도 나를 따라 속도를

냈습니다. 그들은 다양한 모습으로 변장을 하고, 다양한 소리를 내지르면서 내가 가는 길을 막으려고 갖은 애를 썼습니다. 하지만 그들의 노력은 헛된 것이었습니다. 나는 더 이상 그들이 무섭지 않았으니까요.

결국 통로가 끝나고 공터가 나타났습니다. 노인이 말한 대로. 열네 개의 촛불에 둘러싸인 주검이 공터 한가운데에 놓여 있었습니다. 나는 그 곁으로 다가갔습니다. 주검은 하얀 수의로 감싸여 있었습니다.

머리맡에 있는 일곱 개의 촛불과 발치에 있는 일곱 개의 촛불의 위치를 바꾸어 놓았습니다. 오른손을 수의에 넣고 주검의 배 부분을 더듬었습니다. 주검의 피부가 얼음처럼 차갑게 와 닿았습니다. 소름이 쭉 끼치더군요.

하지만 포기하지 않았습니다. 성공이 눈앞에 있었으니까요. 손을 조금 더 뻗치자 상자가 만져졌습니다. 상자를 손에 잡자 그 끔찍한 괴물들이 순식간에 사라져 버렸습니다. 그리고 동굴 안이 해가 뜨기라도 한 것처럼 환히 밝아졌습니다.

"이 빛이 어디서 나는 거지?"

나는 주위를 휘둘러보았습니다. 그리고 곧 황금과 에메랄드 같은 보석들로 이루어진 작은 언덕을 발견했습니다. 그 현란한 광경 앞에서 나는 숨이 멎는 듯했습니다.

그래서 한동안 망연히 서 있었습니다. 노인이 한 말이 모두 사실이었던 것입니다. 나는 정신을 차리고 동굴 밖으로 나갔습니다. 노인은 통로 입구에서 나를 기다리고 있었습니다.

"성공했어요! 상자를 가지고 왔어요!"

그를 보자마자 나는 기쁨에 넘쳐 이렇게 소리쳤습니다. 노인은 침착하게 행동했습니다.

"잘 했네, 성공할 줄 알았어. 손에 들고 있는 상자를 내게 주게나. 그리고 동굴 안에 있는 보물들을 날라다 낙타의 등에 싣게."

나는 상자를 그에게 내밀었습니다. 그리고 낙타의 등에 있던 자루들을 챙겨서 다시 동굴 안으로 들어갔습니다. 보물들을 낙타 등으로 옮겨 싣는 데만도 몇 시간이나 걸렸습니다. 사십 마리의 낙타에다 보물을 잔뜩 실었지만 아직도 많은 보물이 동굴 안에 그대로 남아 있었습니다. 그렇다고 모두 싣고 갈 순 없었지요.

노인은 만족스런 미소를 지으며 내 곁으로 왔습니다.

"이 정도면 충분하네. 자, 낙타들을 모으고 되돌아가세."

내가 낙타 등에 실린 보물들을 정돈하고 있을 때, 노인은 붉은 바위 앞으로 다가가서 무슨 말인가를 중얼거렸습니다. 그리고 바위를 세 번 만지더니 땅에 세 번 입을 맞추었습니다. 천지를 뒤흔드는 소리와 함께 동굴 문은 다시 닫혀 버렸습니다.

　우리는 낙타를 타고 길을 나섰습니다. 나는 끈으로 연결한 낙타들을 뒤따라 가면서 통제했습니다. 우리는 곧 붉은 바위산에서 멀어졌습니다. 노인은 맨 앞에서 낙타를 타고 가고 있었고요.

　나는 내가 타고 있는 낙타를 그의 곁으로 몰았습니다. 일을 끝냈지만 내 몫이 어느 정도인지 몰랐기 때문이었습니다. 사실 어느 정도의 보물을 요구해야 하는지도 알 수 없었고요.

　낙타 한 마리의 등에 실린 보물을 모두 원한다면 너무 많은 것일까? 욕심 부리지 말고 낙타 한 마리가 지고 가는 보물의 절반을 받는 것으로 만족해야 한다고 생각했습니다.

　낙타 한 마리의 등에 실린 보물의 절반이라고 우습게 보지 마십시오. 그 보물의 양은 자손 대대로 편히 먹고 살 수 있을 만큼 엄청났으니까요.

　나는 머릿속으로 이러한 계산을 하면서 노인의 곁으로 다가갔습니다. 노인은 늘 그래 왔듯, 내 얼굴을 보자마자 내 마음을 알아챘습니다. 그의 눈에서는 영리한 사람들에게서 흔히 볼 수 있는 거만함 같은 것이 번뜩였습니다.

"자네 몫을 원하는구먼, 그렇지?"

"네, 전 어르신께서 시키신 일을 모두 해냈습니다. 저한테 얼마나 주실 건가요?"

"당연히 자네 몫을 가져야지. 그래, 얼마나 원하는지 말해 보게나."

노인이 이렇게 말하자 차라리 마음이 편했습니다. 하지만 여전히 얼마만큼을 원해야 할지 결정할 수가 없었습니다. 내가 주저하고 있는 것을 눈치 챈 노인이 먼저 말했습니다.

"낙타 한 마리의 등에 있는 보물이면 충분한가?"

정말이지 나는 절반을 준다고 해도 만족했을 것입니다.

"물론 충분합니다. 신의 축복이 있으시길……."

"좋아, 자네가 원하는 낙타를 고르게나. 그 낙타가 싣고 있는 보물은 이제 자네 것이네."

나는 기뻐서 미칠 것만 같았습니다. 그런데 막상 낙타 한 마리를 고르라고 하자, 교활한 생각이 슬쩍 머리를 쳐들더군요. 나는 몸집이 가장 큰 낙타를 손으로 가리켰습니다.

"그래, 알겠네. 그 낙타를 자네가 갖도록 하게나. 보물을 부디 유용하게 쓰길 바라네."

나는 이제 부자가 되었습니다. 고향으로 돌아가는 대로 그동안 소유하고 있던 낙타를 모두 팔고 커다란 저택을 지어야겠다는 생각이 들었습니다. 오랫동안 바라 왔던 부유한 삶이 드디어 내 앞에 펼쳐지게 된다고 생각하니 신이 나서 입이 다 물어지지 않았습니다.

첫 번째 쉴 곳에 도착할 때까지, 나는 흔들리는 낙타의 등 위에서 즐거운 환상을 꿈꾸며 행복한 시간을 보냈습니다. 우리는 커다란 무화과나무가 그늘을 드리우고 있는 작은 샘 옆에서 휴식을 취했습니다. 낙타 등에서 내리면서 나는 내 몫의 보물을 슬쩍 훔쳐보았습니다. 정말이지 너무나 많은 양의 재물이었습니다.

"저게 다 내 거야."

나도 모르게 혼자서 이렇게 중얼거렸습니다. 노인은 그런 나를 보고 미소를 지어 보였습니다. 노인의 그 미소를 보는 순간, 자존심이 팍 상해 버리더군요. 마치 나를 우습게 보는 것 같았거든요.

어쩌면 그가 비웃는 것이 당연한 일인지도 모르지만요. 고작 낙타 한 마리가 싣고 있는 보물 때문에 이렇게 기뻐하고 있으니, 서른아홉 마리의 낙타가 싣고 있는 보물을 몽땅 가진 노인으로서야 얼마나 가소롭게 여겨지겠습니까?

노인은 줄곧 냉정한 태도를 유지해 오고 있었습니다. 나는 노인을 혐오스럽게 바라보았습니다. 그가 등을 돌리고 있었기 때문에 그는 나의 시선을 알아채지 못하는 듯했습니다.

어쨌든 우리는 시원한 샘가에 앉아서 휴식을 취했습니다. 배낭을 열고 음식을 꺼내 먹기도 하면서요. 음식을 거의 다 먹었을 때, 노인은 피곤한지 계속해서 하품을 해댔습니다.

"잠시 눈 좀 붙이겠네. 나중에 길을 떠나세."

"그러지요."

비록 이렇게 대답을 하긴 했지만 속으로 은근히 부아가 치밀었습니다. 마치 나를 노예 부리듯이 하고 있었으니까요. 그가 잠에 빠져 들자, 졸지에 나는 주인이 잠에서 깨어나기를 기다리는 노예와 같은 처지가 되고 말았습니다.

그 자리에 계속 앉아 있다간 더 기분이 상할 것 같아서, 자리에서 일어나 낙타들에게 먹이를 주고 물통에 물을 새로 갈아 넣어 주었습니다. 그러다가 내가 고른 낙타의 등에 실린 보물을 보았습니다. 나머지 서른아홉 마리의 낙타에 실린 보물들에 비해 그 양이 너무나 적어 보였습니다.

위험 속으로 뛰어들어서 보물을 구해 온 건 정작 나였는데도 말입니다. 노인은 단지 산에 있는 동굴의 통로를 열었을 뿐이지 않습니까?

'왜 낙타 한 마리가 싣고 있는 만큼의 보물을 원했을까? 내가 미쳤지, 미쳤어.'

나는 나 자신에게 화가 나기 시작했습니다. 내 몫은 더 많아야 했습니다. 낙타들에게 물과 먹이를 준 뒤, 노인의 곁으로 왔습니다. 그는 아이처럼 태평한 얼굴로 쿨쿨 자고 있었습니다.

나는 그의 머리맡에 책상다리를 하고 앉았습니다. 그리고 그가 잠에서 깨어나기를 기다렸습니다. 한참 후, 노인이 일어났습니다. 내가 그의 머리맡에 앉아 기다리고 있는 것을 보자 미안한 듯 어색하게 미소를 지어 보였습니다.

"내가 너무 많이 잤나?"

"아니오. 그리 오래 주무시지 않았습니다."

그는 몸을 일으켰습니다. 나의 태도가 좀전과 다르다는 것을 눈치 챈 듯했습니다.

"뭔가 변한 것 같군. 그 사이 무슨 일이 있었나?"

"뭐긴 뭐겠어요? 어르신이 저를 속였잖아요."

"내가 자넬 속였다고?"

그는 깜짝 놀라서 이렇게 되물었습니다.

"그럼 속이고말고요. 마흔 마리의 낙타가 싣고 있는 보물 중에서 내게는 단지 한 마리가 싣고 있는 만큼의 보물밖에 안 주셨잖아요."

노인은 이해한다는 듯 다시 미소를 지었습니다.

"아이고, 자네가 생각한 게 기껏 그런 거였나? 좋네, 얼만큼을 더 원하나?"

그는 마치 개구쟁이 짓을 하는 어린아이처럼 말했습니다. 사실 나는 내가 얼마만큼의 보물을 원하는지도 몰랐습니다. 그럼에도 불구하고 입에서 이런 대답이 저절로 나왔습니다.

"낙타 열 마리가 싣고 있는 만큼의 보물을 원해요."

"알겠네, 그걸 갖게나. 자네가 원하는 낙타를 고르게."

나는 몸집이 가장 큰 낙타의 순서대로 열 마리를 골랐습니다. 분노가 약간 가라앉자 노인에게 이렇게 말했습니다.

"이제 제가 정당한 몫을 가지게 된 것 같습니다."

우리는 다시 길을 나섰습니다. 밤에 휴식을 취하고 있을 때, 또다시 내 머릿속에 어떤 생각이 떠올랐습니다.

'노인은 왜 나와 흥정을 하지 않지? 내가 원하는 것을 왜 아무 말도 하지 않고 고스란히 내주는 걸까?'

이러한 물음의 답을 찾는 것은 아주 쉬웠습니다. 왜냐 하면 그것은 내가 아직 정당한 몫을 가진 게 아니기 때문일 테니까요. 그러고 나자, 노인이 내게 부당한 몫을 주었다는 생각이 머릿속을 뱅뱅 돌기 시작했습니다.

사흘째 되던 날, 휴식 장소에 도착했을 때 나는 결국 이런 생각을 참지 못하고 다시 노인의 곁으로 다가갔습니다.

"할 말이 있는데요."

노인은 뒤를 돌아보았습니다. 그의 얼굴에는 우리가 처음 길을 나섰을 때부터 지금까지 단 한 번도 보지 못했던 슬픔의 빛이 어려 있었습니다.

"말하게나."

"열 마리의 낙타가 싣고 있는 보물로는 제 몫이 부족해요."

노인은 이번에는 미소짓지 않았습니다. 단지 고개를 저었을 뿐입니다.

"얼마를 원하나?"

"절반을 원합니다."

"알겠네, 절반을 자네가 갖게나."

그가 이렇게 쉽사리 내놓지만 않았더라면 내 마음속에 있던 탐욕은 진작에 사라져 버렸을 수도 있었을 겁니다. 그런데 노인이 보물을 너무도 쉽게 포기해 버리자, 마치 내가 정당하다는 것을 입증해 주기라도 하는 듯했습니다.

나는 곧 내가 받은 열 마리의 낙타에다가 열 마리를 더했습니다. 하지만 여전히 만족스럽지는 않았습니다. 여행을 떠난 지 닷새째 되던 날, 다시 노인의 곁으로 낙타를 몰고 갔습니다. 이번에도 역시 노인은 내가 다가온 의도를 금세 알아챘습니다.

"아직도 충분하지 않나?"

"충분하냐 안 하냐, 그런 문제가 아니라고 생각합니다. 어르신은 스무 마리의 낙타가 싣고 있는 보물을 가진 데다 상자까지 가지셨습니다. 그 상자에 얼마나 많은 보물이 들어 있는지 모르겠지만, 여태껏 어르신은 조금도 주저하지 않은 채 제가 원하는 만큼의 보물을 다 주셨습니다."

"지금은 뭘 원하는가?"

"마흔 마리 전부를 원합니다. 상자는 어르신이 가져도 좋습니다. 제가 그 보물을 찾기 위해 괴물들하고 목숨을 걸고 싸우지 않았습니까? 그 덕분에 주검의 배에서 상자를 꺼내 올 수 있었던 거고요. 그러니까 마흔 마리의 낙타를 제가 갖는 게 마땅하지요."

"마흔 마리의 낙타를 다 갖게나. 그런데 자네의 탐욕은 끝이 없군. 웬만하면 이쯤에서 정신을 차리는 것이 좋을 걸세."

노인은 경고하듯이 말했습니다. 그러자 이제는 그가 나를 두려워하고 있다는 생각이 들었습니다. 점점 자신감이 생겨나더군요. 마음 한편에서는 노인이 한 말이 맞다는 생각이 들기도 하면서 말이지요.

엿새째 되던 날, 나는 또다시 내가 부당한 일을 당했다고 느껐습니다. 노인이 눈 하나 깜빡하지 않고 내게 마흔 마리의 낙타를 다 내준 것으로 봐서는, 그 상자 안에 엄청난 보물이 숨겨져 있는 것이 틀림없다는 생각이 들었습니다.

그날 밤, 나는 상자 안에 들어 있는 보물이 궁금해서 밤새 한잠도 자지 못하고 뒤척였습니다. 아침에 눈을 뜨자마자, 노인의 멱살을 움켜잡았습니다.

"빨리 말해! 저 상자 안에 뭐가 들어 있는 거지?"

"자네의 욕심은 정말이지 끝이 없군. 자네가 받은 보물은 자네를 이 세상에서 제일가는 부자로 만들고도 남네. 무엇을 더 원하는 건가?"

노인이 대답했습니다. 하지만 왠지 그에게 지고 싶지가 않았습니다.

"그 따위 충고는 바보들한테나 해 보시지 그래? 저 상자 안에 뭐가 들어 있는지 어서 말하란 말이야."

노인은 나의 상태가 몹시 심각하다는 것을 알아차린 듯했습니다. 이대로 가다간 목을 졸라 버릴지도 모른다고 판단했겠지요. 그는 이내 체념을 하고 신음하듯이 말했습니다.

"내 목을 놓아 주게나. 상자 안에 무엇이 들어 있는지 알려 주겠네."

나는 회심의 미소를 지으며 그의 목을 놓아 주었습니다. 노인은 깊은 숨을 몰아쉬고는 경멸에 찬 눈빛으로 나를 한참 동안 바라보았습니다. 그리고는 상자의 뚜껑을 열었습니다. 상자 안에는 초록색 가루 외에는 아무것도 들어 있지 않았습니다. 나는 실망스런 마음을 감출 수가 없었습니다.

노인은 검지손가락에 그 초록색 가루를 묻힌 뒤 나에게로 다가왔습니다.

"이 가루를 왼쪽 눈에 바르면 땅 속을 고스란히 들여다볼 수 있다네. 이것만 있으면 아무리 깊은 땅 속에 묻혀 있는 보석이라도 다 찾아낼 수 있게 되지."

"말하자면 상자의 비밀이 이것이로군."

나는 기뻐서 소리쳤습니다. 노인은 그 초록색 가루를 내 왼쪽 눈에 발라 주었습니다. 순간 눈에서 무언가 정체 모를 빛이 발산되는 듯했습니다. 그리고 점차 세상을 이루고 있는 갖가지 빛깔들이 서로 뒤엉키기 시작하더군요.

잠시 후 빛깔들은 제자리로 돌아갔습니다. 그러고 나자 정말로 땅 속이 샅샅이 보였습니다.

"당신 말이 맞군. 내 눈앞에 있던 모든 걸림돌이 이제 사라져 버렸어. 무엇이든 다 볼 수 있게 되었으니까."

"다행이군. 이제 그만 가도록 하세. 하루만 가면 목적지에 도착할 수 있네."

"아니, 이젠 더 이상 갈 필요가 없어. 그 상자를 이리 줘."

순간 노인이 상자를 들고 저만치로 달아나 버렸습니다. 하지만 나의 튼튼한 발이 그를 가만히 놔둘 리 있겠습니까? 재빨리 따라가 붙잡았지요. 나는 그의 손에서 상자를 빼앗았습니다. 그 바람에 그가 바닥으로 넘어졌습니다.

하지만 나는 아랑곳하지 않고 상자의 뚜껑을 열었습니다. 왼쪽 눈에다 초록색 가루를 바르자, 다시금 땅 속이 훤히 들여다보였습니다.

"오른쪽 눈에 바르면 더 엄청난 것들을 볼 수 있겠지."

나는 검지손가락에 초록색 가루를 묻혔습니다.

"자넨 지금 엄청난 실수를 저지르고 있네."

노인은 쓰러진 채로 이렇게 말했습니다. 나는 그의 말을 듣지 않았습니다. 나를 속이려 하는 말일 거라고 생각했습니다. 이윽고 나는 초록색 가루를 묻힌 손가락을 오른쪽 눈에 갖다 댔습니다. 갑자기 주위가 어두컴컴해졌습니다.

'잠시 후면 이 어둠이 모두 사라지고 모든 것을 볼 수 있는 힘을 갖게 될 거야.'

나는 이렇게 생각했습니다. 하지만 시간이 아무리 흘러가도 내 눈을 가린 검은 커튼은 걷히지 않았습니다.

"제발 도와 주세요."

나는 애원을 하면서 보이지 않는 눈으로 노인을 찾기 시작했습니다. 노인은 내게로 다가와서 손을 잡았습니다.

"이제는 너무 늦었네. 자네의 눈은 앞으로 영원히 보이지 않을 걸세."

"제발 저를 도와 주세요. 보물을 실은 낙타를 전부 드리겠어요."

"그 누구도 자네를 도와 줄 수 없어. 자네가 비록 내게 몹쓸 짓을 했지만, 나는 진심으로 자네를 도와 주고 싶네. 자네 눈을 뜨게 할 수만 있다면……. 하지만 자네를 집으로 데려다 주는 것 외에는 내가 할 수 있는 일이 아무것도 없다네."

나는 땅바닥에 엎드려 피를 토하듯 통곡했습니다. 노인은 나를 진정시키려고 노력했습니다. 그러다 뜻대로 되지 않자, 낙타에다 나를 태워 집으로 데려다 주었습니다.

"마흔 마리의 낙타에 실린 보물은 모두 자네에게 주겠네."

노인은 이렇게 말한 뒤 상자를 가지고 떠났습니다. 나는 결국 마흔 마리의 낙타가 싣고 있는 보물과 어둠의 세계를 가지게 되었습니다.

그날 이후로, 나는 매일 아침 광장으로 나가서 내 목덜미를 내려치는 사람들에게 황금 주머니를 나누어 주고 있지요. "아, 이제야 정의가 실현되는구나!"라고 외치면서 말입니다.

장님이 말을 마치자 파디샤가 말했다.

"하지만 당신은 지금 마음속 깊이 후회하고 있지 않소? 이제 그 고문을 끝낼 때가 되지 않았나요?"

"맞습니다. 하지만 장님이 된 순간에서야 내가 저지른 잘못을 알게 되었소. 이젠 돌이킬 수 없다는 것을 알고 있지요. 그렇지만 탐욕이 나의 정신을 혼미하게 했던 일만은 지금도 용서할 수가 없소."

잠시 동안 침묵이 흐르자 잠이 쏟아지기 시작했다. 파디샤와 총리 대신은 그날 밤을 장님의 집에서 머물렀다. 다음날 아침, 장님은 그들에게 이렇게 권유했다.

"여기서 며칠 더 머무르시면서 내 말벗이 되어 주십시오."

"우리도 그랬으면 좋겠지만 아직 해야 할 일이 끝나지 않았소. 모자 장수에게 가서 우리가 알아낸 이야기를 들려줘야 한답니다."

파디샤가 말했다.

아침 식사를 마친 후, 그들은 장님의 집을 나섰다. 도시 밖으로 나왔을 때 총리 대신이 말했다.

"폐하, 폐하께서 굳이 거기까지 가실 필요는 없을 듯합니다. 제가 모자 장수에게 가서 약속을 이행하겠습니다. 피곤하실 텐데 먼저 고국으로 돌아가십시오."

파디샤는 총리 대신을 사랑이 가득 찬 눈길로 바라보았다.

"자네는 아주 영리한 사람이군. 나처럼 무지한 파디샤를 교육시키는 법을 알고 있으니까 말일세. 내 생각에도 모자 장수가 사는 나라에 둘 다 갈 필요는 없을 것 같군. 이참에 여태까지 우리가 들었던 이야기의 주인공들을 모두 궁전으로 부르는 것이 좋겠네. 그들에게 나의 자문관이 되어 달라고 요청할걸세."

총리 대신은 파디샤의 말을 제대로 이해할 수가 없어서 한동안 멍하니 서 있었다. 그러자 파디샤가 다시 말했다.

"그런 표정 지을 것 없네. 진심일세. 나는 그들에게 내 자문관이 되어 달라고 부탁할 거야. 우리 인간의 기억력은 불행하게도 그리 오래 가지 않지. 머지않아 이 여행 중에서 배운 것들을 모두 잊어버리지 않겠나?

세월이 더 흐르고 나면 우리가 들었던 이야기 속에 나오는 오류들을 나도 똑같이 범할 수도 있고⋯⋯. 나는 그것이 두렵네. 차라리 내게 경고를 해 줄 수 있는 자문관들을 곁에 두는 편이 훨씬 더 현명하리란 생각이 들어."

총리 대신은 파디샤의 의견에 동감하였다. 그들은 함께 궁전으로 향했다. 맨 처음 장님이 사는 나라를 찾아갔을 때와 마찬가지로 하루 종일 걷고 또 걸었다.

다음날 아침 그들은 궁전에 도착했다. 사람들은 그들을 기쁘게 맞이했다. 그들의 귀환을 축하하기 위해 그날 밤 성대한 잔치가 벌어졌다. 파디샤와 총리 대신은 그 시간을 마음껏 즐겼다.

잔치가 끝난 뒤, 파디샤는 주위에 있던 아첨꾼들을 궁전에서 모조리 쫓아냈다. 그리고는 다섯 장의 칙령을 쓴 다음, 다섯 명의 파발꾼을 통해 장님과 대장장이, 보석 상인, 뮤에진, 그리고 모자 장수에게로 보냈다.

일 주일이 채 지나지 않아 장님이 궁전에 도착했다. 그 뒤를 이어 대장장이와 보석 상인, 뮤에진, 모자 장수가 차례대로 궁전을 찾아왔다. 모두가 한 자리에 모이자, 파디샤는 그들에게 이렇게 말했다.

"자네들의 이야기는 내게 많은 것들을 일깨워 주었소. 내가 배운 것들의 가치를 그 무엇으로 환산할 수 있겠나? 아무튼 나는 세월이 더 흐른 후에 자네들의 이야기에서 얻은 교훈을 잊어버리고 똑같은 잘못을 저지를까 두렵소.

나의 신분이 신분인 만큼 내가 저지른 잘못의 대가는 나만 받게 되는 것이 아니오. 온 나라가 피해를 입게 되지. 그런 이유로 나는 자네들이 이 궁전에 머물면서 나의 자문관 역할을

해 주었으면 좋겠소."

그들은 파디샤의 말을 듣고 깜짝 놀랐다. 장님이 먼저 고개
를 조아리며 말했다.

"저희같이 미천한 종이 폐하처럼 지체 높은 분께 어떤 도움
을 드릴 수 있겠습니까?"

"파디샤도, 가난한 사람도 모두 인간이기 때문에 잘못을 저
지를 수 있소. 이것은 어찌할 수 없는 불변의 진리지. 자네들
이 경험한 것들은 아주 좋은 실례라 할 수 있다오.

예를 들면 자네는 탐욕 때문에 눈이 멀었고, 대장장이는 나
눌 줄을 몰라서 중요한 기회를 놓쳤지. 또 보석 상인은 흥청
망청 쓴 대가를 톡톡히 치르고 있는 중이고, 뮤에진은 인내심
이 없어서 사랑하는 여자를 잃지 않았소?

모자 장수는 또 어떤가? 질투심 때문에 아내와 아들을 죽
음으로 몰아넣었소. 자네들은 인간이 저지를 수 있는 모든 오
류들의 생생한 증거들일세. 모두 내 곁에 머물면서 바른 길을
제시해 주길 바라오."

그들은 파디샤의 제의를 귀 기울여 들었다. 생각해 보니 이
제의는 그들이 과거의 악몽에서 벗어날 수 있는 좋은 기회가
될 성싶기도 했다.

다른 사람들을 도와 주며 자신들이 겪은 고통에서 벗어날

수도 있을 거라는 희망이 느껴졌기 때문이었다. 그리하여 그
들은 파디샤의 제의를 기꺼이 받아들이기로 했다.

그날 이후 파디샤는 나라를 더욱더 잘 다스리게 되었다. 법
령 중에서 사랑과 평화, 공경, 그리고 정의를 무시하는 조항
들은 모두 삭제해 버렸다. 모든 형벌과 교도소도 없앴다.

그러고 나자, 하늘과 바다와 땅이 더욱더 풍성해지기 시작
했다. 봄은 지금까지 보지 못했던 아름다운 빛깔과 향기로 새
로이 피어났고, 여름 햇볕은 곡식의 맛을 한층 더 진하게 해
주었다. 그리고 가을의 슬픈 비는 땅을 넉넉하게 적셔 주었으
며, 겨울의 눈은 자연의 아름다움을 풍성하게 덮으며 봄을 맞
을 준비를 도왔다.

매일 아침 풍성함 속에서 눈을 뜨는 이 나라의 국민들은 행
복하디행복한 삶을 누리기 시작했다. 그리고 파디샤를 지난
날보다 더 사랑하고 존경하였다.

시대와 국경을 넘어

아흐멧 위밋은 터키 문학사에서 추리 소설로 크게 각광받고 있는 작가입니다. 그의 거의 모든 작품이 TV 드라마나 영화로 만들어졌을 만큼 독자들의 사랑을 듬뿍 받고 있지요.

그는 사람들 사이에서 이야기가 사라지는 것이 가슴 아파서 이 소설을 쓰게 되었다고 합니다. 예전엔 우리도 이야기를 참 자주 들었지요.

컴퓨터나 휴대폰이 없던 시절, 할머니나 할아버지의 무릎에 앉아 '옛날옛날에……'로 시작되던 기나긴 이야기를 침을 꼴깍꼴깍 삼켜 가며 들었던 기억이 지금도 생생합니다.

그런데 어느 사이엔가 그런 풍경이 모두 사라져 버리고 말았습니다. 터키에서도 그랬나 봅니다. 그는 안타까운 마음을 어쩌지 못하다. 결국 어린 시절 할머니에게서 들었던 옛날 이야기들을 하나하나 떠올려 가면서 이 소설을 구성했다고 합니다. 가족들이 사랑과 정을 공유할 수 있는 통로가 되길 소망하면서요.

그렇기 때문에 이 소설은 우리에게 아주 익숙한 옛날 이야기 형식으로 꾸며져 있습니다. 예컨대 "옛날에 청명한 하늘과 반짝이는 바다, 그리고 비옥한 땅을 가진 나라가 있었다. 이 나라는 젊은 파디샤가 통치를 하고 있었는데……"라는 식으로 말입니다.

이 소설 속에 나오는 파디샤는 국민들을 위해 좋은 일을 아주 많이 하는 통치자였습니다. 하지만 그에게 딱 한 가지 결점이 있었지요. 자신이 한 선행을 떠벌리며 다른 사람에게 칭찬받고 싶어하는 것이었습니다. 그 때문에 그의 주위에는 늘 아첨꾼들이 들끓게 됩니다.

이를 보다못한 총리 대신은 파디샤의 결점을 고쳐 주기 위해 큰 결심을 합니다. 이 세상에 파디샤보다 더 어진 사람이 있다고 말해 버린 것이지요. 이에 노여움을 느낀 파디샤는 그 사실을 확인하기 위해 총리 대신과 함께 긴 여행을 떠납니다.

그 뒤에는 파디샤가 만난 사람들과 그들에게 얽힌 갖가지 사연들이 이어집니다. 그 사연들은 각기 독립적인 이야기로 꾸며지는데, 꼬리에 꼬리를 무는 형식으로 연쇄성을 갖게 되지요.

이 형식에는 독자들이 마지막 페이지까지 책에서 눈을 떼지 못하게 하는 마법 같은 힘이 숨어 있습니다. 끊임없이 궁금증을 유발하기 때문이지요. 이처럼 독특한 형식미 때문인지, 이 소설은 언뜻《아라비안 나이트》를 연상시키기도 합니다.

그리고 서로 다른 다섯 편의 이야기에는 각기 다른 교훈들이 담겨 있습니다. 이 이야기들 속에는 우리 인간들이 살면서 흔히 저지를 수 있는 잘못이나 오류들이 나온답니다.

배경이 오래 전이어서 언뜻 옛날 이야기라고 생각할 수도 있지만, 찬찬히 읽다 보면 지금의 우리들과 크게 다르지 않다는 사실을 발견할 수 있습니다. 인간의 본성이란 결국 시대나 국경을 막론하고 똑같은 거니까요. 여기서 그것을 다시 한 번 확인하게 될 겁니다.

그러면 즐거운 책 읽기가 되길 바랍니다.

2005년 8월

이 난 아

옮긴이 **이난아**

한국외국어대학교 터키어과를 졸업한 뒤, 터키 국립 이스탄불 대학과 앙카라 대학에서 터키 문학을 전공했다. 앙카라 대학 한국어문학과에서 오 년 간 외국인 교수로 강의했으며, 현재 한국외국어대학교 터키어과 강사로 있다.

옮긴 책으로 《선물은 누구의 것이 될까?》《내 이름은 빨강》《검은 책》《눈》《하얀 성》《당나귀는 당나귀답게》《제이넵의 비밀 편지》《생사불명 야샤르》《튤슈를 사랑한다는 것은》《바닐라 향기가 나는 편지》외 다수가 있다. 《한국 단편소설집》《이청준 수상 전집》《나는 나를 파괴할 권리가 있다》《귀천》등을 터키어로 번역, 소개하기도 했다.

그린이 **오르한 악카프란** Orhan Akkaplan

1972년 국립 예술 학교 그래픽과를 졸업한 후, 그래픽과 회화, 조각 방면에서 프리랜서로 활발히 활동하고 있다. 1990년 터키 전통 회화전에서 2위로 입상했으며, 2000년에는 이스탄불 베식타쉬 해양 박물관이 주최한 한국-터키 화가 공동 전시회에 작품을 출품하기도 했다.

현재 이스탄불 바크르쾨이 예술 센터와 아타쾨이 문화 건축 협회에서 강의를 하고 있다.

파디샤의 여섯 번째 선물

첫판 1쇄 펴낸날 2005년 9월 10일
       12쇄 펴낸날 2016년 9월 1일

지은이 아흐멧 위밋 옮긴이 이난아 그린이 오르한 악카프란
발행인 김혜경 편집인 김수진
주니어 본부장 박창희
편집 진원지 디자인 전윤정
마케팅 정주열
경영지원국장 안정숙
회계 임옥희 양여진 김주연

펴낸곳 (주)도서출판 푸른숲
출판등록 2002년 7월 5일 제 406-2003-032호
주소 경기도 파주시 회동길 57-9 파주출판도시 푸른숲 빌딩, 우편번호 10881
전화 031)955-1410 팩스 031)955-1405
홈페이지 www.prunsoop.co.kr 이메일 psoopjr@prunsoop.co.kr

ⓒ 푸른숲주니어, 2005
ISBN 978-89-7184-441-0 43890
ISBN 978-89-7184-419-9 (세트)

푸른숲주니어는 푸른숲의 유아·어린이·청소년 책 브랜드입니다.

* 잘못된 책은 구입한 서점에서 바꾸어 드립니다.
* 본서의 반품 기한은 2021년 9월 30일까지입니다.

이 도서의 국립중앙도서관 출판시도서목록(CIP)은 e-CIP 홈페이지(http://www.seoji.nl.go.kr)와 국가자료공동목록시스템 (http://www.nl.go.kr/kolisnet)에서 이용하실 수 있습니다.(CIP제어번호 : CIP2005001742)